KB149496

하루30분
맘스잉글리쉬의 기적

하루30분
맘스잉글리쉬의 기적

BOOKQUAKE

추천사

평소 병원 운영과 치과진료에 매진하다보니 영어공부에 소홀했는데 아이가 성장함에 따라 아이 영어교육으로 인해 영어학습의 필요성을 느끼게 되었다. 바쁜 일상 속에서 우연찮게 이 책을 접해 보니 마음만 먹었던 영어 공부를 주저없이 시작할 수 있게 되었다. 영어 공부 할 수 있는 방법과 계획까지 설명해주고 있어 시작하는 나에게 큰 도움이 되는 실용적인 책이다. 바쁜 생활 속에서 틈틈이 영어 공부가 필요한 워킹맘 뿐 아니라 가정주부, 직장인, 아이를 키우는 엄마, 아빠에게 이 책을 꼭 한번 읽어보기를 추천한다.

_ e 열린치과 대표원장, 노량석

신이 모든 곳에 있을 수 없어 엄마라는 존재를 만들었다는, 누구나 공감할만한 명제는 엄마로서의 자부심인 한편 헌신과 희생으로 대표되는 모성의 또 다른 표현이기도 합니다. '엄마'는 24시간, 가정이나 일터 그 어디서든, 우선순위에 대한 고민이 짙어지더라도 '나'를 내려놓고 아이를 1순위로 끌어올리기를 거듭하지요. 세 아이를 키우며 치열하고도 처절하게 '엄마'와 '나' 사이를 오가며 살아가는 중에, 도전이 되고 격려를 주는 책을 만나게 되어 반갑습니다. 영어라는 주제에 벌써 주눅 들지 말고, 나에게 가장 즐거운 무언가로 대입하여 읽다 보면 어느새 따라하고 있는 자신을 발견하게 될 겁니다. 이전보다 '나'의 순위를 높이는 것이 '엄마'로서의 자존감 또한 높여주는 것임을 함께 경험하길 바랍니다.

_ 신세니 창원문성대학교 유아교육과 교수

영어공부에 대한 필요와 고민이 있는 사람이라면 누구나 꼭 읽어보기를 바란다. 영어 강사로 전문성을 지녔을 뿐 아니라 언어를 사랑하는 한 사람으로 끊임없이 영어랑 사귀어 온 노하우의 엑기스가 다 들어 있는 책이다. 만약 당신이 영어공부에 도전하는 엄마라면 더더욱 이 책을 꼭 읽어 보았으면 좋겠다. 누구보다 치열하게 엄마라는 자리에서 씨름하며 영어의 실력을 쌓아가며 자신을 세워가고 엄마로서 더욱 건강할 수 있었다는 스토리가 당신의 마음에 도전을 줄 것이다.

_ 김경미 <아이를 믿어주는 엄마의 힘> 저자

세상이 많이 변하여 여성의 삶이 사회적으로 우위를 차지하는 요즘이지만, 그럼에도 결혼과 함께 여전히 일과 가정 중에서 우선순위를 찾는 것은 결코 쉬운 일은 아닌 것 같다. 작가 역시 이런 과정을 겪으며 한 아이의 엄마로 영어학원 원장으로 성장하고 성공하는 모습을 보여주면서 자신과 엄마로서의 가치를 공부에 담아 짧지 않은 영어라는 긴 호흡을 엄마의 영어공부로 이끌어 주고 있다. 자신의 성장과 경험을 통해 엄마의 영어공부를 노력과 습관으로 만들어 실력을 쌓는 비법들을 쏟아내 주는 보물 같은 책이다. 그리고 무엇보다 무엇하나 소홀히 하지 않으려 노력하는 현명한 모습에 박수와 칭찬을 아끼지 않을 수 없다.

_ 아경희 제이엔제이에듀 대표

여자는 출산 후 많은 변화를 겪는다. 육아와 일의 균형을 지키며 엄마 자신을 지켜내는 일은 쉽지 않다. 이 책의 저자는 '영어 공부'를 통해 현명하게 '나'라는 정체성을 찾고 성장했다. 하루 30분. 영어공부를 통해 성장하는 엄마가 되고 싶은 분들에게 이 책을 추천한다.

_ 우희경, <비바리맘의 제주태교여행>,<(공)나는 성장하는 엄마입니다> 저자

프롤로그

어린 아이를 키우는 것이 이렇게 힘든 일인지 아이가 없을 땐 미처 몰랐습니다. 모두가 거쳐가는 관문이라 생각했고 겉으로 보기엔 그리 어려워 보이지 않았죠. 그런데 직접 내 상황이 되어 느껴보니 그렇지 않았습니다. 아이를 낳기 전과 후의 삶은 거꾸로 뒤집힌 듯 완전히 달랐습니다. 더 이상 '나'를 위한 시간은 없었고 하루 24시간은 오로지 아이에게만 집중되어 있었습니다. 밤에 제대로 잘 수 없었을뿐더러 늦잠은 꿈도 못 꿀 일이었습니다. 처음 해보는 '엄마'였기에 모든 부분이 미숙했고 어찌해야 할지 몰라 쩔쩔매기만 하는 하루하루의 연속이었습니다. 나 말고 다른 이들은 모두 육아를 척척 잘 해내는 것처럼 보였고 유독 내 아이만 예민하고 별난 것 같다고 느꼈습니다.

잠시도 아이에게 눈을 떼지 못했고 아이가 울고 보챌때마다 진땀이 났습니다. 배가 고파도 아이가 잠들 때 까지 참아야 했고 겨우 재우고 나면 혹시나 깨진 않을까 조용히 움직여야 했습니다.

'이런 생활을 언제까지 계속해야 할까?'
'설마 앞으로 몇 년간 앞도 보지 못하고 살아야 하는 건 아닐까?'

이런 생각들로 머릿속은 복잡했습니다. 워킹맘으로 일하며 일과
육아를 병행하다 보니 육체적으로 정신적으로 나날이 지쳐갔습니
다. 한껏 예민함이 치솟아 아이에게 짜증을 내기도 했습니다.

'이러다 아이가 불안함을 먹고 살면 어떡하지?'

내가 느끼는 불안함과 피로가 아이에게 고스란히 전달되는 것 같
다는 생각에 어느 날 갑자기 정신이 번쩍 들었습니다. 내 아이를 위
해 뭔가 대책을 세워야 했습니다. 이때 생각해낸 것이 '영어 공부' 였
습니다. 입시 위주의 수능 영어를 가르치며 한동안 접어 두었던 실용
영어회화 공부를 다시 시작하게 되었습니다. 살림과 육아 뿐만 아니
라 일까지 하는 엄마로 살아가며 온전히 나를 위해 영어공부를 한다
는 것이 쉬운 일은 아니었지만 방법은 있었습니다. 최대한 시간 활용
을 하여 틈새 시간을 활용한 다양한 공부를 했습니다.

공부를 하면 머리 아프고 피곤할 것 같았는데 신기하게도 그 반대였습니다. 영어공부를 하니 생활에 활력이 생겼고 몰입할 대상이 생겼기에 더 이상 불안하지 않았습니다. 영어 실력이 향상되어 가는 것을 느끼며 뭐든 해낼 수 있다는 자신감이 생겼습니다. 그렇게 생활이 긍정적으로 흘러가기 시작했습니다. 지금 가진 것에 감사하게 되었고 긍정적인 생각을 할 수 있게 되었습니다. 그때부터였습니다. 아이와의 시간이 피곤하거나 두렵지 않았습니다. 주변의 사람들과 비교하는 습관도 줄어들었습니다. 조금 늦더라도 나만의 속도로 해 나간다면 뭐든 해낼 수 있을 거란 믿음이 생겼습니다.

이 책은 저와 같이 아이를 키우며 어디선가 힘들어 하고 있을 모든 엄마들을 위해 쓰게 되었습니다. 육아에 지쳐 나를 잃어가고 우울감에 젖어 있을 분들에게 영어공부를 통해 기적과 같은 삶의 변화를 선물해 드리고 싶습니다. 엄마가 된다는 건 생각보다 어려운 일이었습니다. 이 세상의 모든 엄마들은 대단한 존재들이란걸 알았습니다. 엄마가 되고 힘들어하는 모든 분들에게 이 책이 도움이 될 수 있길 바라며 이 세상 모든 엄마들의 영어공부를 응원합니다.

contens

1장

'나'를
찾기 위해
공부를
시작하다

나도 그저 그런 엄마가
될 줄은 몰랐습니다

～～～

"One of the greatest titles in the world is parent,
and one of the biggest blessings in the world is to have parents to call mom and dad."
_ Anonymous

"세상에서 가장 위대한 명칭 중 하나는 부모이다.
그리고 세상에서 가장 큰 축복은 엄마, 아빠라고 부를 수 있는 부모님이 있다는 것이다."
_작자미상

여성으로서 살아가며 가장 의미 있고 숭고한 경험이 임신과 출산이 아닐까 생각한다. 이 책을 읽고 있는 독자들은 아마 대부분 임신과 출산을 무사히 겪어낸 멋진 엄마들일 것이다. 돌이켜 보면 임산부 시절은 나에게 행복한 경험이었다. 모두의 축복을 받고 어딜 가나 대접받았다. 시간이 지날수록 불러오는 배로 인해 숨 쉬는 것조차 힘들어지니 빨리 출산을 하고 싶었다. 정말이지 걷는 것도 힘들고 제대로 잠도 못 잤다. 아무리 잠을 청해도 새우잠을 자다 깨기 일쑤였다. 겨우 소파에 앉아 꾸벅꾸벅 졸았다. 얼른 뱃속의 아기가 태어나 육아의 대열에 합류하고 싶었다.

그런데 자꾸 주변의 어른들과 선배 엄마들은 "그때가 행복한 시절인줄 알아" "애기 낳아봐, 뱃속에 도로 넣고 싶을 걸?"이라며 임산부 시절을 최대한 누리라고 했다. 그때는 이해가 되지 않았다. 정말 난 아기만 건강히 태어나면 바랄 것이 없을 것 같은데 왜 자꾸 힘든 만삭의 지금이 좋다고 하는지…. 그런데 육아의 대열에 합류하고 나니 그 의미를 이해할 수 있을 것 같다. 나도 이제 만삭인 임산부가 옆에 있으면 "그때가 봄날인줄 알아, 가장 행복한 시기가 바로 지금일거야."라고 이야기해 주고 싶다.

아기를 낳고 보니 현실은 생각했던 것과 너무나 달랐다. 내 머릿속 육아는 sns속에서 흔히 볼 수 있는 연예인들이나 인플루언서들처럼 예쁘게 꾸며놓은 아기 방에서 귀여운 딸랑이를 흔들며 웃고 있을 줄 알았다. #행복 #아기 천사 #삶의 이유 이런 해시태그처럼 말이다.

방긋방긋 웃는 아기와 함께 하는 순간순간이 행복할 줄 알았다. 하지만 내가 겪는 현실은 그게 아니었다. 그런 아름답고 평화로운 장면은 무슨… 매일매일 진땀의 연속이었다. 어떨 때는 공포까지 느껴지는 힘든 시간들이 펼쳐졌다.

외출은커녕 집에서도 매 순간이 전쟁 같았다. 갑작스레 아기가 배변이라도 할 때면 한숨부터 나왔다. 목도 제대로 가누지 못하는 아기를 씻기는 것은 힘든 일이었다. 기저귀 하나 가는 것도 힘들어 땀을 뻘뻘 흘렸다. 아기가 자면 혹시나 깰까 봐 조심했다. 텔레비전 볼륨소리도 높이질 못했고 전화 통화도 힘들었다. 아기가 울면 어떻게 해야 할지 몰라 발을 동동 구르기만 했다. 우연히 아기 울음소리를 인식하는 어플이 있다고 해서 아기 울음소리를 해독해 보아도 맞지가 않았다. 어플에서는 아기가 배고프다고 인식을 했지만 아기는 분유를 줘도, 먹지 않고 울기만 했다. 분명 다른 신호였다. 나는 왜 아기의 울음소리를 듣고 파악하지 못하는 걸까. 자괴감이 들었다. 지금 돌이켜 보면 그건 내 탓이 아닌데 자꾸 내가 뭔가 잘못하고 있다는 생각에 몸도 마음도 지쳐갔다.

모유 수유를 위해 조리원에서 가슴마사지(일명 통곡마사지)를 매일 받고 모유차도 마시며, 노력이란 노력을 다 했지만 모유는 쉽게 나오지 않았다. 좋은 엄마가 되는 첫 번째 관문을 통과하지 못했다는 생각에 한없이 우울했다. 나는 이것밖에 안 되는 엄마인가 싶은 마음에 죄책감이 들었다. 어쩔 수 없이 모유 수유는 포기해야 했고 분유를 주게 되었다. 나중에야 수유텀이 존재하는 것을 알았다. 육아에 대해 아는 지식이 하나도 없었던 나는 점점 두려워졌다.

인터넷을 검색해 보니 육아 고수인 엄마들이 많았다. 그들은 많은 정보를 알고 있었고 훌륭하게 아기를 돌보고 있었다. 초보인 나와 너무 비교가 되었다. 나는 대체 지금까지 아기에게 무엇을 해주고 있던 걸까? 검색을 할수록 오히려 답답해져 왔다. 분유를 먹는 아기였기에 배앓이를 앓았다. 조리원 퇴소 후, 영아 산통이 올 거라고 배웠기에 어느 정도 예상은 했지만 밤마다 전쟁이었다. 이유 없이 밤만 되면 울어대는 아기 탓에 그 당시 모든 신경은 그쪽에 가 있었다.

"배앓이가 문제가 아닌 거 같은데? 수면 교육을 해보는 건 어때?"

주변 지인이 조언을 해주었다. 난생 처음 듣는 단어였다. '수면 교육 이라니! 아니 무슨 잠자는 것도 교육을 해야 되나?' 말도 안 된다고 생각했지만 인터넷에선 모두들 수면 교육이 필요하다 입을 모았다. 수면 교육에 대해 책을 사서 읽기도하고 인터넷 카페에 가입해 공부하기 시작했다. 문제는 수면 교육을 하려면 아기를 울려야 한다는데 도저히 자신이 없었다. 모두가 한다는 수면 교육인데, 나는 왜 이제야 안 것이고, 실천할 용기도 없는 걸까? 나는 스스로 자괴감에 빠졌다.

아기와 함께 행복하고 알찬 하루하루를 채워갈 줄 알았던 나의 바람도 사라져 버렸다. 방긋 웃는 아기와 함께 웃고, 놀아주는 엄마가 되고 싶었지만 현실은 달랐다. 내 아기이기에 모든 게 예뻐 보이고, 힘들어도 잘 참으리라 생각했지만 그렇지 못했다.

출산 전에는 그저 육아에 대해 막연하게만 생각했다. 지금 생각하면 정말 부끄럽지만 그때는 알 수 없는 자신감에 차 있었다. 한 번도 해본 적이 없는 육아지만, 무조건 잘할 수 있다고 스스로를 믿었다. 내가 원하는 방식대로 아기가 그에 맞게 알아서 클 줄 알았다. 아기가 잘 먹고, 잘 자고, 알아서 잘 할 거라는 건 나의 착각이었다.

육아의 현실은 생각과는 너무 달랐다. 척척 잘하긴커녕 평균도 안 되는 엄마인 것 같았다. 오히려 다른 엄마들에 비해 제대로 하는 게 하나도 없었다. 상황마다 변수도 많았고 나의 생각대로, 계획대로 전혀 되질 않았다. 내가 꿈꿨던 육아의 모습과는 많이 동떨어져 있었다. 완벽한 육아를 해내는 엄마를 꿈꾸던 내가 이렇게 그저 그런 엄마가 될 줄은 몰랐다.

엄마가 되고
달라진 생각들

"The success of every woman should be the inspiration to another.
We should raise each other up"
_Serena Williams.

"모든 여성의 성공은 다른 여성들에게 영감이 되어야 해요.
우리는 서로를 일으켜 세워줘야만 해요."
_세레나 윌리엄스, <테니스 선수>

어린 시절부터 커리어우먼이 되고 싶었던 나는 대학 졸업 후 은행에
취업을 했다. 금융권에 정직원으로 일한다고 하면 모두 부러워했다.
은행은 무엇보다 안정적인 직장이며 이미지도 반듯하고 여성을 위한
복지도 좋아 여자로서 일하기 좋은 곳임엔 분명하다. 하지만 은행원
으로의 삶은 내가 꿈꿔왔던 모습과 동떨어져 있었다. 외국어를 사용
해 국제적인 삶을 살고 싶었던 나였는데 안정적인 삶을 추구하다 보
니 불편함이 느껴졌다. 아무리 생각해도 내가 살아갈 삶은 이게 아니

란 확신이 들었고 모두가 말렸지만 과감하게 사표를 던졌다. 유독 나를 아꼈던 지점장님은 앞으로의 은행 생활에 대한 비전을 제시해 주시며 계속해서 붙잡아 주시다 마지막에 결국 응원을 해 주셨다. "모두 다 잘 될거야. 앞으로 어떤 일을 하든 응원할게."라고 하시는데 나는 눈물을 펑펑 흘렸다. 반면 직속 상사였던 차장님은 빈정거리며 말씀하셨다. "이 세상에 자기 적성 찾아 일하는 사람이 어딨나? 그런 사람 있으면 나와 보라 그래. 너 지금 그만두면 몇 년 뒤에 땅을 치고 후회할 거다." 아직도 잊혀 지지 않는 모습이다.

그래서였을까? 은행을 그만 두고 나는 더 치열하게 살았다. 대학시절부터 꾸준히 해왔던 아이들에게 영어를 가르치는 일을 시작했다. 영어를 좋아하고 자신이 있었고 과외와 학원 강사 아르바이트를 통한 경험이 있었기에 어렵지 않게 일할 수 있었다. 낯선 타지로 시집을 오게 되어 외로움이 컸던 터라 더욱 일에 매진할 수 있었다. 학생들의 실력이 향상되는 모습을 보며 큰 보람을 느꼈다. 겨우겨우 영어를 읽고 be동사도 모르던 아이들이 문장 구조를 분석하고 정확하게 해석을 하는 모습을 보면 참 뿌듯했다. 한 두 달만에 급속도로 성적이 오른 학생, 외국어고등학교에 진학하는 꿈을 이룬 학생, 영어로 대학 진학을 한 학생 등 아이들의 삶에 긍정적인 영향을 미친다는 점에서 참 좋은 일을 하고 있다는 생각을 했다.

나의 24시간은 모두 일 생각이었다. 어떻게 하면 아이들에게 양질의 수업을 제공해 줄 수 있을까? 어떤 방식으로 접근하여 아이들의 실력을 올려줄 수 있을까? 매번 연구했고 혼자서는 힘들었기에 전국에서 열리는 유료 세미나에 참석하여 발전하려 노력했다. 그러면서 알게 된 전국에 계시는 선생님들과 함께 자체교재와 양질의 수업자료를 만들고 수업 연구도 함께 했다. 일하는게 참 재미있었고 나에게 일이란 절대 놓지 못할 큰 의미였다.

그렇게 알게 된 분들 중 잘나가는 수학 강사, 석사 출신의 선생님, sky 출신의 영어 선생님, 대형 어학원, 영어 유치원 부원장까지 역임하신 선생님 등 능력 있는 분들이 많이 계셨다. 그런데 이게 웬일인지 이 중에 몇 분이 아이를 낳고 일을 그만두었다. 그때의 나는 도무지 이해가 되지 않았고, 그분들의 커리어가 아까웠다.

'나는 아이를 낳더라도 반드시 내 커리어를 사수해야지! 아이 때문에 일을 놓는 일은 절대 없을 거야!'라며 다짐했다.

커리어에 대한 욕심이 있었기에 열심히 일하며 바쁘게 살아갔다. 그러던 어느 날 임신을 하게 되었고, 다행히 임신 체질이었는지 임신 후 크게 불편한 점이 없었다. 오히려 임신하고 더 적극적으로 여러 가지 세미나와 프로젝트에 참여했다. 수업 연구에도 혈안이 되어 스터디 카페에 정액권을 끊어가며 공부했다. 의도치 않게 수능 영어로 태교를 한 셈이다. 일하느라 바빠 산모 교실이나 태교에 관한 프로그램은 단 한 번도 참여한 적도 없었다. 태교보단 일에 빠져 살았다. 그렇게 아기에 대해, 육아에 대해, 하나도 모른 채 출산을 했다.

출산 당일에도 학생의 질문에 피드백 해주었을 뿐 아니라 조리원에서 돌아온 후, 집에 와서도 일을 계속했다. 그리고 정확히 한 달 만에 몸조리도 제대로 하지 못한 채 다시 일에 복귀했다. 몸 상태가 완전히 회복되지 않았었기에 돌이켜보면 참 힘든 시간들 이었던 것 같다. 손가락이 아파 숟가락 젓가락도 무겁게 느껴졌고 타이핑 하는 것조차 힘들었지만 꾹 참고 일했다. 다행히 친정엄마가 도와주어서 나는 임신과 출산을 겪었지만 전과 다름없이 일을 할 수 있었다. 그때만 해도 나에게 일은 결코 뗄 수 없는 소중한 의미였다.

해본 사람은 알겠지만 육아와 일을 병행하기란 말처럼 쉽지 않다. 아기가 100일이 될 때까지는 세월이 어떻게 흘러가는지도 모르게 살았던 것 같다. 이상하게 출산하고 나니 정신도 멍한 것 같고 생각만큼 말도 잘 나오지 않았다. 가끔은 간단한 단어도 기억이 나지 않았다. 호르몬의 탓인지 어딘지 모르게 이유 없이 우울하기도 하고, 밤에는 잠을 푹 잘 수가 없으니 매일 피로했다. 그렇게 하루하루 버티며 살아갔다. 전쟁 같은 나날을 보내다 보니 어느새 나에게도 100일의 기적이 찾아왔다. 이 생활에 점점 익숙해져 간 탓인지 아기와의 시간도 더 이상 두렵지 않았다. 신기하게 아기도 하루가 다르게 예뻐 보였다. 이런 감정을 모성애라 부르는 걸까 생각했다. 날이 갈수록 아기는 발달 과정에 맞추어 건강하게 성장해 갔다. 누워만 있었던 아기가 조금씩 움직이기 시작하고, 끙끙거리며 처음 자신의 몸을 뒤집었을 때는 정말 기뻤다. 혼자 몸을 일으켜 앉는데 어찌나 예쁘던지…. 혼자 일어서기도 하고, 기어 다니는 모습이 너무 예쁘고 사랑스러웠다. 그러다 어느 순간 걸음마를 시작하니 말로 표현하지 못할 만큼 감격스러웠다.

문득 이런 의문이 생겼다. 만약 내가 지금 당장 눈을 감는다면 어떨까? 내 삶에 만족하고 눈을 감을 수 있을까? 죽기 전 후회의 순간이 생긴다면 일적으로 성공하지 못한 것을 후회 하게 될까? 아기와의 추억을 쌓지 못한 걸 후회하게 될까? 사실 성공한 사업가들이나 재력가들이 눈감는 순간에 후회되는 것은 돈이 아니라 인생에서 돌보지 못한 가족과의 시간과 진정한 행복이라고 했다. 당장 죽음이 눈앞에 있는데 재산이 무슨 의미가 있을까? 극단적인 비유이긴 하지만 나는 후회 없는 삶을 살고 싶어졌다. 아기를 키우며 나의 생각이 변했다. 이제 나에게 1순위는 일이 아니라 아기였다.

자신의 정체성을 찾으려면 반드시 일을 해야 한다고 주장했던 나였다. 누구 못지않게 커리어에 집착하고 고집했던 시절이 있었다. 하루 24시간이 일에 대한 생각뿐이던 시절이 있었다. 나는 꿈속에서도 일을 했고 계획을 구상했을 정도였다. 열심히 일하며 보람도 느끼고 거기에서 행복을 느꼈던 시절 또한 있었다. 그랬던 내가 아기를 키우며 생각이 바뀌었다.

그렇다고 지금껏 해오던 일을 그만둘 수는 없었다. 생각은 바뀌었지만, 해답은 보이지가 않았다. 내 안에서의 갈등은 갈수록 심해졌다. 어디까지 타협을 해야 될지, 어떤 경로가 맞는 건지 답답했다. 나름대로 결론을 내렸지만, 현실로 돌아오면 제자리였다. 내 삶과 커리어도 중요하지만 앞으로 더욱 성장할 아기를 생각하니 어떤 길이 맞는 건지 확실하게 결론이 나질 않았다.

다양한 사람들과 고민을 상담하는 과정에서 상처도 받고 위로도 받았다. 가장 합리적이었던 조언은 당장 결론을 내리지 말라는 거였다. 인생은 생각한 대로 흘러갈 수도 있지만 때론 내가 계획하지 않았던 방향으로 흘러가기도 한다며… 하루하루 충실하게 살아가다

보면 좋은 길이 열릴 것이라고 했다. 너무 애써서 고민하지 말라며 토닥거려 주는데 울컥했다. 사람들의 조언을 듣고 내린 나의 결론은 지금의 혼란은 일단은 접어두기로 했다. 너무 조급하게 결론 내리려고 할수록 머리만 아파올 뿐이었다. 워킹 맘이 되느냐, 전업 맘이 되느냐, 아니면 절충안을 선택 하느냐. 어느 것 하나 쉬운 것이 없었다. 모든 엄마들의 고민이 아닐까 싶다.

어떤 선택이 옳고, 그른지 판단할 수 없다. 정답은 없는 거니까. 일을 하던 엄마라면 모두가 마음속에 '이게 맞는 건가?'라는 의문을 품고 생활하고 있을 것이다. 세상의 어느 엄마가 아이는 뒷전이고 일이 최우선이라 여길 수 있을까. 아무리 일이 좋아도 아이에 대한 죄책감 없이 일을 하는 엄마는 없을 것이다.

반대로 커리어를 쌓아가며 승승장구하던 엄마가 아이를 낳고 전업 맘이 되었다고 그 생활에 100% 만족할 수 있을까? 포기한 커리어를 아까워하지 않을 사람이 어디 있겠는가? 어느 쪽을 선택하든 후회는 따를 것이고 각자의 기회비용이 존재한다. 내 자신이 단단해지고 확고하다면 그때 어떤 결정을 내리더라도 거기에 따르는 결과를 감당할 수 있을 거라 믿었다. 모든 고민의 결론은 내가 내리는 것이다. 나는 혼란스러움을 받아들이고 인정하기로 했다. 현재의 순간에 충실하며 매일을 살다보면 언젠가는 나에게 맞는 해답이 나올 것이다.

흔들리는 나를
잡아준 '독서'

~~~

"Change your thoughts and you change your world."
_Norman Vincent Peale

"생각을 바꾸면 세상이 변할 거예요."
_노먼 빈센트 필

세상의 모든 엄마가 느끼겠지만 엄마가 되는 과정이 쉽지만은 않다. 수십 년간 굳어져 있던 단단한 바위를 깨고 새롭게 태어나는 느낌이다. 내 마음대로 되지 않는 게 육아였다. 노력한다고 다 되는 것도 아니었고, 아기가 내 마음을 헤아려 주는 것도 아니었다. 수도 없이 흔들리고 하루에도 몇 번씩 감정이 왔다 갔다 했다. 뭐라고 딱히 꼬집어 말할 수 없는데 가슴속이 답답하고 만족감이 없었다. 내면을 채워줄 무언가가 필요하다는 생각이 들었다. 내면을 단단히 다져 이 감정들을 극복하고 내 아이를 올바르게 키워내고 싶었다.

'나는 왜 사는 걸까?' '내 삶의 의미는 무엇일까?' '앞으로 어떤 인생을 만들어 가고 싶은가?' 아기를 낳고 키우며 마치 사춘기의 10대들 같이 질풍노도의 시기가 찾아왔다. 끊임없이 자아 성찰을 하며 내 삶의 의미를 찾고 싶었다. 이렇게 자꾸만 성찰을 하게 되는 이유가 무엇인지 생각해 보았다. 어쩌면 내 아이를 어떻게 양육할지 나만의 철학을 만드는 과정이 아닐까라는 생각이 들었다. 내가 생각하는 삶의 의미가 정확하게 굳어져 있어야 거기에 맞추어 아이를 키워나갈 수 있으니 자꾸만 내 삶을 정리하고 싶었나 보다.

10여 년간 많은 학생들을 가르치며 느낀 점이 있다. 훌륭하게 잘 자란 아이들의 경우 부모님들의 주관과 교육관이 확고했다. 주변의 이야기에 흔들리지 않고 본인들의 가치관을 일관성 있게 밀고 나가셨다. 그러한 일관성이 자녀들을 바르고 일관되게 키울 수 있는 비법인 것 같았다. 이 점은 나뿐만 아니라 주변의 많은 선생님들과 원장님들이 공감하는 부분이다. 이러한 부분을 잘 알고 있기에 내 아이를 일관되게 키우고 싶었다. 내 인생도 확실하게 정의 내리지 못하는데 어찌 내 아이를 잘 키울 수 있을까라는 생각에 내면에서 갈등이 일어났다.

그럼 일관된 주관을 키우기 위해선 어떻게 해야 할까 궁금했다. 내가 찾은 정답은 독서였다. 나는 항상 살아가며 힘든 순간이 생길 때면 해답을 책에서 찾았다. 책이란 매개체를 통해 수많은 사람들의 지혜와 경험을 얻을 수 있었다. 책읽는 것을 좋아해서 쉽게 쓰여진 책은 앉은 자리에서 금새 읽어내렸다.

그랬던 나도 육아에 지쳐 정신적, 육체적 여유가 없어서 책을 읽는 게 힘들었다. 한동안 읽지 않던 책을 폈지만, 글자가 눈에 들어오지가 않았다. 하지만 노력은 배신하지 않았다. 하루에 조금씩 억지로라도 책을 읽었더니 어느 순간 예전과 같은 속도로 책이 읽혔다. 여러 가지 책 속에서 찾고 싶었던 답을 찾을 수 있었다. 책을 읽으며 내면을 조금씩 다져갔다. 책 속에는 다양한 삶의 의미와 방향점이 제시되어 있었다. 그 중 나에게 맞는 부분들은 마음속에 새겼다. 그렇게 독서를 통해 조금씩 내면의 에너지가 회복되었다. 책을 읽다보니 많은 아이디어도 얻었고 내 삶을 되돌아 볼 수 있었다. 독서를 통해 잊고 있었던 나의 과거를 마주하게 된 것이다.

나의 경우 독서를 통해 한동안 잊고 있었던 사실도 다시금 되새길 수 있었다. 내가 잘 하고 좋아하는 것은 언어였다. 부모님 말씀으론 내가 서너 살 때쯤에 스스로 한글을 깨우치고 천자문도 술술 외워서 커서 굉장한 인물이 될 거라 생각하셨다고 했다. 나는 누가 억지로 시키지 않아도 책을 읽고 책 속의 세계에서 상상의 나래를 펼치는 게 재미있었다. 그만큼 어느 정도 타고난 언어적인 감각도 있었고 외국어 공부 하는 게 재미있었다.

언어를 좋아했기에 다양한 독서를 즐겨 했고 영어와 중국어 공부를 열심히 했다. 무엇보다 영어만큼은 누구보다 더 잘하고 싶었다. 나름의 방법으로 열심히 공부했고 그 방법이 통했다. 과거엔 영어에서 문법이나 독해 보다는 회화에 자신이 있었다. 현재 내가 하고 있는 일은 실용 영어보다 시험을 대비하며, 문법 위주의 영어를 가르치고 있다. 원래의 내가 원하고 좋아했던 방향과 다소 벗어난 방향으로 집중하게 된 것이다. 그랬기에 한동안 잊고 있었다. 내가 좋아하고 잘하던 것이 실용 영어라는 것을…. 하루 중 가장 어두울 때는 해가 뜨기 직전이라 했던가? 그토록 답답하고 힘들었던 시기였지만 그 시기가 있었기에 또 다른 삶으로 가기 위한 준비를 할 수 있었던 게 아닐까 싶다. 삶의 빛나는 제2막으로 가기 위한 준비를 해봐야겠다고 생각했다.

아이를 낳고 혼란에 빠져 허우적대던 나는 오히려 위기를 기회로 삼게 되었다. 현실에 적당히 타협하며 지금의 나도 나쁘지 않다며 스스로 자기합리화를 하며 진정한 만족은 하지 못했던 나였다. 이젠 우물 안 개구리에서 벗어나고 싶어졌다.

책 속에 있는 에너지를 내 것으로 만들다 보니 내 삶이 좀 더 풍요로워지는 경험을 했다. 독서를 하며 힘들었던 삶이 조금씩 좋아졌다. 그렇게 기반을 조금씩 다져갔더니 여기서 한 발짝 더 나아가고 싶어졌다. '그럼 어떤 방법으로 도약을 해볼까?' 또다시 스스로에게 물었다.

엄마가 영어 공부를
시작해야 하는 이유

~~~

"It seems to me that people have vast potential.
Most people can do extraordinary things if they have the confidence or take the risks.
Yet most people don't. They sit in front of the telly and treat life as if it goes on forever."
_Philip Adams

"내가 보기에 사람들은 엄청난 잠재력을 가지고 있다.
많은 이들이 자신감을 갖거나 위험을 무릅쓴다면 위대한 일을 해낼 수 있다.
하지만 대부분 그러지 못한다. 사람들은 티비 앞에 앉아 삶은 영원할 것이라 생각한다."
_필립 애덤스

나는 독서를 통해 마음의 변화와 긍정적인 마인드를 갖게 되었다. 나 자신을 위해 그리고 나의 아이를 위해 새로운 도전을 해보기로 마음을 먹었다. 한참 동안 잊고 있었던 목표를 꺼내어 다시 새롭게 다짐했다. '실용 영어 공부하기'가 새로운 목표였다. 실용 영어에 능숙해져 외국인들과 자유롭게 대화하고 싶어졌다. 영어 강사가 영어 공부를 하는 것이 어색하게 느껴질 수 있겠지만 영어 공부의 범위는 굉장히 광범위하다. 영어를 공부한다고 해서 다 같은 공부를 하는 게 아니다. 영어 공부에도 다양한 코드가 존재한다. 나는 학생들에게 입시 영어를 가르치는 영어 강사다. 수년간 이 일을 하다 보니 예전에 없었던 버릇이 생겼다. 예전에는 하고 싶은 말이 있으면 외국인들과 자유롭게 대화를 나누었다. 분명 틀린 문법이나 맞지 않은 표현이 있었겠지만 크게 신경 쓰지 않았던 내가 학생들을 가르치면서 달라졌다. 틀린 부분을 교정해주고 완벽한 문장을 분석하다 보니 문법에 대한 강박이 생겼다. 말을 하고 싶어도 머릿속에 완벽하게 구성이 되지 않으면 입이 떨어지지가 않았다. 남편과 해외여행을 가서도 그랬다. 공손한 표현인지, 전치사는 무엇을 써야 할지, 자동사인지 타동사인지 생각하다 보면 말할 기회는 사라졌다. 어법적으로 틀린 말이라도 오히려 남편이 외국인과 소통하는 일이 잦았다. 언어에 대한 자신감은 누구보다 넘쳤던 내가 영어 울렁증이 온 것 마냥 입이 굳었다. 줄어든 회화 실력과 함께 자신감도 하락하고 있었던 것 같다.

이러한 상황이었기에 새로운 삶을 위한 계기로 실용 영어를 배워야겠다는 결심을 하게 되었다. 영어 공부를 다짐하며 곰곰이 생각해보니 나와 같은 엄마들에게 영어 공부는 선택이 아니라 필수라는 생각이 들었다.

첫째, '나'를 위해서

아이를 낳고 '나'의 존재가 사라져 버려 '나'를 찾고 싶어졌다면 영어 공부를 시작해야 한다. 아기가 태어나면 모든 일은 아기 위주로 돌아간다. 1순위는 아기가 된다. 그러다 보니 서서히 나라는 존재는 없어져 가는 것만 같다. 나라는 존재로서 고민하고 노력했던 시절이 언제였는지 까마득해 보인다. 아이 엄마로서가 아닌 잃어버린 내 존재를 찾고 싶다면 지금 공부를 시작하자. 공부를 시작하고 하나둘 배워가며 실력을 쌓아가면 자신감과 더불어 자신에 대한 믿음도 커진다. 그렇게 쌓여진 영어 실력을 보여줄 기회가 되면 내 가치를 높일 수 있다. 엄마로서가 아닌 나를 찾는 건 이기적인 일이 아니다. 모든 엄마들이 알고 있지 않은가? '엄마가 행복해야 아이도 행복한 법'이라는 말이다. '나'를 찾고 삶의 활력을 찾다보면 내 아이는 저절로 행복하게 성장할 수 있다. 결국 내 아이를 위한 길이 된다는 사실을 잊지 말자.

둘째, '내 아이'를 위해서

엄마로서 살아가며 가장 큰 관심사는 '아이'이다. '어떻게 하면 내 아이를 잘 키울까?'는 모든 엄마의 가장 큰 화두이지 싶다. 특히 내 아이가 영어를 잘 했으면 하는 마음은 모든 엄마들의 공통된 생각일 것이다. 유명하다는 선생님을 수소문해 인기 강좌를 등록해 주는 것보다 더 좋은 방법이 있다. 엄마가 영어 공부하는 모습을 보여주는 것이다. 그러면 아이도 자연스럽게 옆에서 같이 영어 공부를 하게 될 것이다. 아직 아기라면 엄마의 공부를 통해 자연스럽게 영어에 노출이 되어 아이가 좀 더 친숙하게 영어를 받아들일 것이다. 아이가 영어 공부를 시작할 시기라면 자녀의 숙제를 도와줄도 수 있다. 학원을 보내더라도 좀 더 효율적인 결과를 낼 수 있다는 이야기이다.

혹시 이런 얘기를 들어본 적이 있는가? '최고 낮은 등급의 엄마는 아이보고 공부하라고 다그치고 본인은 공부하지 않고 노는 엄마' '그 다음 등급의 엄마는 아이에게 공부하라고 강요하고 본인도 함께 공부하는 엄마' 아마 보통의 엄마들이 이런 모습일 것이다. 그렇다면 최고수의 엄마는 어떨까? 진정한 고수는 '아이에게 공부를 강요하지 않고 본인이 공부하는 모습을 보여주는 엄마'라고 한다.

내 아이가 언어를 잘했으면 좋겠다고 생각한다면 엄마가 먼저 공부하는 모습을 보여야 아한다. 그러면 아이도 자연스럽게 따라한다. 유명한 선생님을 수소문해 인기 강좌를 등록해 주는 것보다 효과 만점의 비법은 엄마의 영어 공부이다. 아이들에게 이보다 더 좋은 동기부여는 없다. 엄마가 어느 정도 수준의 영어를 구사해야 적어도 아이들의 질문에 대답해 줄 수 있다. 엄마가 이정도의 관심을 갖고 있는 걸 안다면 아이들도 엄마를 인정하고 자연스럽게 따르게 된다. 나 자신의 효용감을 높이기 위해, 더 나아가 내 아이의 학습 효율을 높이기 위해 엄마들도 공부를 해보자.

셋째, 지금이 기회이다.

매번 새해만 되면 형식적으로 세워보던 목표가 영어 공부였는가? 아마 누구나 초반에는 열심히 공부하다가 시간이 지날수록 흐지부지해져 포기해 버린 적이 있을 것이다. 마음속에 영어 공부에 대한 욕심이 조금이라도 있다면 바로 지금 시작해야 한다. '다음에 좀 더 시간이 생기면 해야지.'라는 생각은 결국 포기하게 만든다. 그렇게 다음 기회로 미루다 보면 어느새 1년이 지나고 그렇게 10년이 지나버린다. 이 책을 읽고 있는 지금이 영어 공부에 대한 최적의 타이밍이다. 작은 변화가 큰 변화로 바뀌는 법이다. 지금이 아니면 기회가 없다는 생각으로 도전해보자.

지금까지 영어 공부를 시작하다가 몇 주 만에 혹은 몇 달 만에 포기했다면 이번 기회에 제대로 해보자. 사람들은 여유가 있고 시간이 많으면 공부도 하고, 운동도 하고, 뭐든지 다 할 수 있다고 생각을 한다. 그것은 착각이다. 오히려 적당한 스트레스와 긴장감이 있어야 좀 더 타이트한 생활을 하게 된다. 아이를 좀 키워두고 여유가 생기면 그때 영어 공부를 시작해 볼까? 라는 생각이 든다면 지금 생각을 바꿔보도록 하자.

이번 생에 영어 공부는
마지막이라는 절박함으로

～～～

"Challenges are what make life interesting;
overcoming them is what makes life meaningful."
_Joshua J. Marine

"도전은 인생을 흥미롭게 만드는 것이에요.
도전을 극복하는 것은 인생을 의미 있게 합니다."
_조슈아 J. 마린

만약 당신에게 시간여행을 할 수 있는 능력이 주어진다면 어떨까? 원하는 시간으로 돌아가 과거를 바꿀 수 있다면 언제로 돌아가 어떤 일을 할까? 모두가 이러한 상상은 한 번쯤 해봤을 것이다. 영화《어바웃 타임》의 남자 주인공은 집안 대대로 내려오는 특별한 능력인 시간여행을 하는 초능력을 갖고 있다. 그는 과거의 시간으로 돌아가 후회했던 순간을 고쳐보기도 하고, 보고 싶은 인물을 만나기도 한다. 영화의 결론은 남자 주인공이 지금 현재에 충실하게 성실하게 살아가도록 마음을 다지며 더 이상 시간여행을 하지 않는 것으로 마무리된다.

"We are all travelling through time together,

everyday of our lives.

All we can do is do our best to relish this remarkable ride."

"우리 모두는 일상생활에서 함께 시간여행을 하고 있어요.

우리가 할 수 있는 건 이 놀라운 여행을 즐기기 위해

최선을 다하는 거예요."

-《어바웃 타임》속 남자 주인공 팀의 대사

위에 소개한 명대사에서 주인공 팀이 시간여행을 하며 느낀 삶의 교훈을 이야기한다. 시간여행을 하며 과거도 바꾸고 원하던 때로 여러 번 돌아가 보지만 결국 중요한 건 지금에 만족하고 이 순간에 충실하란 것을 이야기한다. 당신도 지금 느끼는 생각을 갖고 과거로 돌아간다면 뭐든 다 할 수 있을 것 같은가? 그렇다면 지금 현재의 이 순간이 미래의 당신이 그토록 열망하던 시간이라 생각해보자. 미래의 내가 온갖 노력을 통해 과거로 돌아온 순간이 지금이라면 어떨까?

알고 보니 지금이 영어 공부를 위한 최적의 시간이며 계속해나가면 미래의 나는 유창한 영어를 할 수 있다. 별다른 생각 없이 바쁘다는 핑계로 그럭저럭 살아갔던 당신도 이제는 생각이 달라질 것이다. 지금의 일상이 감사하게 느껴지며 내가 마음먹은 것은 뭐든 다 할 수 있단 자신감도 생길 것이다. 영화 속 장면처럼 시간여행을 떠나 과거로 돌아온 것이라 생각해 보며 이번 기회를 마지막이라 생각하고 시작해보자.

'아무리 그래도 저는 지금 너무 바빠요. 아이가 좀 더 크고 생활에 여유가 생기면 그때 시작해 볼게요.'라고 말하고 싶은가? 그 말에 대한 대답은 '안 됩니다! 그럴수록 지금이 기회입니다!'라고 말하고 싶다. 지금 같이 아이 키우랴, 일하랴, 집안일 하느라 하루 24시간이 어찌 흘러가는지 모르게 바쁘다면 이것이 기회이다. 이렇게 바쁘고 힘든데 어떻게 영어 공부의 적기가 될 수 있는지 의문스럽겠지만, 오히려 바쁜 일상이 도움이 된다.

일반적으로 사람들은 시간이 있고, 한가한 상황이 되어야 영어 공부도 도전도 할 수 있다고 생각한다. 그러면서 당장 도전할 생각을 하지 않는다. 지금은 바쁘니까. 어쩔 수 없으니까 라는 이유로 스스로 마음의 위안을 얻는다. 어차피 지금은 공부할 상황이 아니니까 '안'

하는 것이 아니라 '못'하는 것이라 스스로를 합리화 한다. 냉정하게 말하자면, 모두가 핑계이다. 신기하게도 바쁜 생활을 살며 계획적으로 움직이면 오히려 많은 것들을 성취하게 된다. 돌이켜 보면, 나 또한 생활이 여유롭고 한가할 때는 별다른 성과 없이 세월을 보냈다. 그러다 조금씩 일이 늘어나고 일상이 바빠지니 오히려 더 많은 것들을 이뤄낼 수 있었다. 엄마의 영어 공부도 마찬가지이다. 워킹 맘의 일상은 참 바쁘다. 육체적으로 힘들고 정신적으로 여유가 없다. 하지만 틈새 시간을 쪼개어 노력해봤더니 의외로 그 시간들이 모여 큰 힘이 되었다. 이렇게 공부하여 하나둘씩 쌓여가는 실력을 보면서 성취감은 배가 될 수 있었다.

이 세상에 '어쩔 수 없다.'라는 것은 없다. 어쩔 수 없어서 못 한다는 것은 그럴듯한 변명일 뿐이다. 당신이 이 책을 읽고 새로운 삶으로 가고 싶다면 선택의 옵션은 단 두 가지이다. '한다.' 혹은 '안 한다.'이다. 영어 공부를 '한다.'로 선택했다면 지금의 상황이 어떠하든지 시작해야 한다. 지금 시작하지 않으면 기회는 없다는 생각으로 당장 도전해보도록 하자.

요즘 유행하는 말 중에 '이생망'이란 말이 있다. '이번 생은 망했다.'

라는 뜻을 줄인 말이다. 자꾸 영어 공부를 미루고 다음 번에 할 거라 생각한다면 정말 이번 생에는 영어 공부는 망해버릴지 모른다. 계속 미루기만 하지 말고 지금 이 순간이 이번 생의 마지막 영어 공부 의 기회로 생각해보자. 이번에는 제대로 끝장을 보겠다는 생각으로 영어 공부에 덤벼보자. 엄마로서, 여자로서 본때를 보여준다는 생각으로 확실히 마음을 먹어보자. 그런 마음으로 영어 공부가 성공한다면 '진정한 나'를 찾을 뿐 아니라 그 이상의 목표를 성취하게 될 것이다. 어느 정도의 고비를 넘겨 성취감을 맛보면 계속해서 좋은 방향으로 가고 싶어지기 때문이다. 지금 필요한 건 자신감 그리고 절박함이다. 매일 반복되는 일상에서 벗어나 꿈꾸는 삶에 도전해보도록 하자. 내 생에 마지막 영어 공부를 한다는 생각으로 절실하게 노력해보자.

엄마 영어의 공부,
그래서 무엇부터 시작할까요?

～～～

"You don't have to see the whole staircase. Just take the first step."
_Martin Luther King.

"계단 전체를 볼 필요는 없습니다. 일단 첫 발을 내디뎌보세요."
_마틴 루터 킹, 미국의 흑인 인권 운동가

공부에 대한 의지가 조금씩 불타오르고 있는 엄마라면, 이제 궁금해
질 때가 되었다. 그러면 구체적으로 어떻게, 얼마나 학습하면 될까?
서점에 가보면 각종 영어 학습용 책들이 넘쳐난다. 인터넷 검색을 하
더라도 수많은 공부 방법들이 소개되어 있다. 유튜브 채널에도 영어
에 대한 콘텐츠가 엄청나게 많다. 요즘은 너무 많은 학습 정보 및 자
료가 넘쳐나 오히려 혼란스럽다. 자기에게 맞는 방법을 찾기도 힘들
고, 막상 공부하려 해도 어떻게 시작해야 할지, 어떤 것을 먼저 활용

할지 등 고민이 될 것이다.

영어 공부를 하는데 있어서 정해진 답은 없다. 수많은 광고 속에서 자기들 콘텐츠만 보고 따라하면 누구나 영어 천재가 된다고 이야기 한다. 심지어 몇 달만 공부하면 영어를 정복할 수 있다고 말한다. 실제로 과연 그럴까? 장담하건데 말도 안 되는 소리이다. 이제는 절대 속지 말자. 우선 영어 공부에 끝이 존재한다는 논리부터가 틀렸다. 영어가 완벽한 원어민들조차도 전문적인 공부를 통해 유창한 발음과 표현을 연습한다. 언어 공부에 끝이 있다는 자체가 말이 안 된다.

영어는 4대 영역 즉, 듣기, 말하기, 쓰기, 읽기의 네 가지 분야를 적절하게 조합하여 공부해야 성과가 있다. 한 가지만 반복해서는 큰 효과가 없다. 진부한 이야기이지만 여러 가지 방법으로 꾸준히 열심히 지속하는 것이 영어 공부 성공의 핵심이다. 묵묵하게 공부 하다보면 언젠가는 실력이 쌓여있는 것을 확인할 수 있을 것이다.

이 책의 공부법은 모든 이들에게 적용이 되겠지만 특히 아이를 키우고 있는 엄마들에게 도움을 주고자 하는 마음으로 탄생되었다. 그래서 이 책에서는 엄마들을 위한 공부법을 중점적으로 이야기할 것이다. 시간 활용이 자유롭지 않고 육아와 집안일 등 제약이 많은 상황이라는 것을 고려한 영어 공부법을 소개하고자 한다. 책에 소개된 방법은 웬만하면 다 시도해 보기를 권하고 싶다. 사람마다 개성이 다르기 때문에 어떤 공부 방법이 맞는지, 본인이 가장 잘 아는 것이다. 시간적으로, 경제적으로 여유가 있다면 1:1 개인 교습을 받아도 되지만 엄마들은 보통 그럴 여유가 없다. 틈나는 시간에 적극적으로 공부해보자. 개인이 자발적으로 주체가 되어 하는 공부이므로 나 자신이 부지런히 노력해야 한다.

엄마의 영어 공부는 절대 부담스러우면 안 되고 지루해도 안 된다. 무조건 '재미있게! 신나게!'를 목표로 삼자. 내 기준에 재미있어 보이고, 잘 할 수 있을 것 같은 방법으로 공부하자. 누군가에게는 쉐도잉(원어민의 음원을 듣고 소리 나는 대로 따라하는 것을 말함.) 연습이 재미있게 느껴질 것이고, 다른 누군가에게는 팝송 영어가 가장 쉽게 배우는 방법이 될 수도 있다.

혹시나 처음 공부를 할 때 영어신문 읽기가 부담스럽다면 우선은 뒤로 미뤄두자. 부담스럽고, 스트레스가 되면 공부가 지속되지 않는다. 지금 미루더라도 나중에 영어가 습관으로 형성되어 실력이 향상되면, 그때는 뉴스레터도 흥미롭게 읽을 수 있게 된다. 아래에 소개된 공부법 중 가장 마음에 드는 것을 선정하여 시도해보자.

---

1. 팟캐스트 채널 청취하고 쉐도잉하기.

2. 앱을 활용한 회화 공부하기.

3. 유튜브/넷플릭스로 쉐도잉 연습하기.

4. 미드(미국 드라마)를 한글 자막 없이 감상하고, 주요 부분 쉐도잉하기.

5. 애니메이션 쉐도잉하기.

6. 팝송으로 공부하기.

7. 영어신문 읽기.

8. 원서 읽기.

9. 전화 영어 수업하기.

이 중에 가장 흥미롭고, 편하게 공부할 수 있을 방법을 골라서 시도해보자. 한 가지를 골라 최소한 3일간 학습해 보자. 습관 형성을 위해 연속으로 3일을 하는 것이 중요하다. 그렇게 3일을 공부해보고 마음에 들면 같은 방법으로 지속하여 공부한다.

예를 들어 미드로 영어 공부하기로 결심했다면, 일단 드라마를 감상하고 중간중간 돌려가며 쉐도잉 연습을 할 것을 제안한다. 미드 쉐도잉 연습으로 어느 정도 익숙해졌다면, 팟캐스트를 들어본다. 의외로 재미있게 느껴질 것이다. 그렇게 팟캐스트를 듣고 쉐도잉도 자연스럽게 하다가 크롬을 활용해 영어신문을 읽어본다. 이런 식으로 여러 가지 공부를 확장시켜 나가는 것이다.

처음에는 부담스럽지 않을 정도의 쉬운 영어 공부로 흥미를 갖고 접근하다가 서서히 영어공부의 영역을 확장시켜 보자. 하나의 방법만 지속하면 안 된다는 점을 잊지 말고, 반드시 여러 가지 공부를 시도해 봐야한다. 처음에는 힘들거나 지루하고 어렵게 느껴지는 방법도 하다보면 익숙해져 재미를 느끼게 된다. 변화를 느끼면 나 자신도 뿌듯할 뿐만 아니라 주변에서도 좋은 일이 있냐고 물어보기도 하고 어딘가 모르게 달라졌다고 이야기하기도 한다. 영어 공부를 통해 영어 실력만 향상 되는 것이 아니라 삶의 질이 향상되는 것을 느낄 수 있다.

Bye 불평불만,
Welcome 나의 꿈

"He who avoids complaint invites happiness"
- Abu Bakr

"불평을 피하는 사람은 행복을 초대합니다"
_아부 바르크

어느 날 카페에 들러 영어신문을 읽고 있는데 옆 테이블에 앉은 젊은 엄마들의 이야기가 귀에 들려왔다. 대화의 내용인즉슨 자신들과 전혀 상관없는 가십거리였다. 자신의 이야기도 아닌 사람들의 삶에 대해 이런저런 이야기를 하는 모습을 보면서 좀 더 생산적인 시간을 보내면 어떨까라는 생각에 안타까웠다.

가십거리를 이야기하며 서로가 유대감을 쌓는다고 생각할지 모르지만, 지나고 보면 알 수 없는 허무함이 밀려온다. 만일 이런 모임을 갖고 있다면 지금부터 생산적인 일에 시간을 투자하자.

아이를 낳고 기르며, 육체적 피로가 겹치니 정신적으로도 지쳤다. 피로가 누적이 되면서 사소한 것에도 짜증이 나고 예민해지기도 했다. 엄마는 처음이라 육아에 대해 서투르고, 남들의 이야기에 쉽게 흔들리고 상처받았다. 매일매일 임시로 사는 삶 같이 하루 24시간을 어떻게 보내는지도 모르게 시간만 흘려보냈다. 정신없이 아이를 등원시키고 마치 전쟁터에 나온 듯 바쁘게 일하다 퇴근하고 와서, 아이를 돌보고 재우고 육아퇴근 후 겨우 잠드는 삶의 연속이었다.

내가 진짜 원하는 것이 무엇인지 어떠한 방향으로 살아갈지에 대해 스스로에게 물으며 성찰해야 했는데 직면하기가 두려웠다. 정면으로 마주하여 답을 찾아야 하는데 바쁘다는 핑계로 자꾸만 나와 마주하기를 피했던 것이다. 어느 순간 이렇게 살면 안 될 것 같은 생각이 들어 공부를 시작했다. 생산적인 무언가를 하면 다른 부분에서도 다 같이 생산적인 모습으로 바뀌지 않을까라는 기대감으로 시작했다. 공부를 결심하고 실행하며 내 생활이 조금씩 달라지고 있음이 느껴졌다.

지금 아이를 돌보느라 몸도 마음도 지친 당신이라면, 이 이야기가 공감이 된다면 당신도 바로 지금 공부를 시작해야 한다. 같은 상황에 처했어도 어떻게 생각하고 처신하는지에 따라 결과는 달라진다. 노력 없이 그저 시간만 보내다 보면 매일 같은 삶의 반복일 뿐이다. 항상 불평불만을 입에 달고 힘들다고 징징대며 살아가게 될 것이란 말이다.

불평을 하는 삶을 살다보면 불평불만의 에너지에 주파수가 맞추어 진다. 그러다 보면 불평할 일들만 가득하게 된다. '육아하느라 힘들다.' '육아는 너무 앞이 보이지가 않는 암흑과 같다.' '집에서 애만 보다보니 우울증 걸릴 것 같다.' 등의 말로 하루하루 살다보면 정말 그러한 삶이 펼쳐지게 된다.

하지만 당신이 공부를 시작하게 되고 공부에 포인트를 두고 하루하루 살아가게 된다면 삶이 달라진다. 집중할 거리가 생기게 되면서 불평할 거리가 서서히 사라진다. 영어를 잘 하고 싶다는 생각으로 매달리다 보면 모든 정신이 그쪽으로 향하게 된다. 바쁜 일상 속에서 잠시 틈이 나면 이 시간을 활용해 뭘 공부해볼까 하는 생각이 든다. 의미 없이 티비를 보거나 수다를 떠는 것 보다 가치 있게 시간을 써보고 싶어진다.

처음이 힘들어 그렇지 막상 공부를 시도하여 조금씩 실천 하다보면 뿌듯함과 함께 내 자신이 대견해진다. 이렇게 바쁜 생활 속에서도 공부를 하고 있다는 생각이 들기 때문이다. 긍정적인 생각으로 마음이 맞추어 지다보면 점차 긍정적인 주파수로 삶이 조정된다. 그러면서 자연스레 평범한 일상과 지금 현재 내가 가진 것들에 감사하게 된다. 시간을 쪼개어 원서 읽기를 하다 보면 문득 책상 위의 화분이 예뻐 보이고, 공부를 할 수 있다는 사실에 감사함이 밀려온다. 평소엔 별다른 관심조차 없었던 화분 속 식물에게도 감사하게 된다. 많은 자기계발서에서 하나같이 강조하는 것이 감사하기이다. 감사를 실천하다보면 자연스럽게 좋은 일들이 가득하게 될 것이다.

지금부터 예전의 낡은 습관은 버리고 삶의 경로를 완전히 바꾸어 보자. 새로운 삶을 위한 로드맵을 머릿속에 그려보고 그것을 위해 달려가 보자.

원하는 목표와 꿈이 있으면, 꿈을 위해 노력하고 실천하기 바쁘기 때문에 쓸데없는 것들에 신경 쓸 여유가 없어진다. 새롭게 꿈을 찾아가다보면 상상만 해도 행복해진다. 원하는 삶을 상상하고, 그러한 꿈 같은 생활을 누릴 수 있다는 비전을 갖게 되면 줄곧 그쪽 방향으로 행동이 따라가게 된다. 좋은 에너지로 가득 채워지면 주변에 좋은 사람들과 어울리게 된다. 서로에게 긍정적인 자극을 주고받는 건전한 관계를 통해 서로의 꿈에 한발씩 더 다가갈 수 있게 되는 것이다. 이제부터 비생산적인 만남이나 습관은 잘라버리고 생산적인 것들에 시간을 투자하자.

2장

자존감을
살리는
엄마의
습관 혁명

영어 공부가
자존감을 살려준다고?

~~~~~

"Challenges are gifts that force us to search for a new center of gravity.
Don't fight them. Just find a new way to stand."
_Oprah Winfrey

"도전은 우리로 하여금 새로운 무게중심을 찾게 하는 선물입니다.
맞서 싸우지 마세요. 그저 중심을 잡을 수 있는 다른 방법을 찾아보세요."
_오프라 윈프리

중학교 시절 영어 수업 시간에 선생님께서 학생들을 임의로 지정해서 영어 본문을 소리 내어 읽도록 했다. 수줍음이 많고 나서기를 좋아하지 않았던 나는 혹시나 나에게 시킬까봐 잔뜩 긴장하고 있었다. 역시나 선생님께서 몇 명의 친구들을 거쳐 나를 지목하셨다. 나는 본문이 어떤 내용이었는지 기억이 나진 않지만 읽기를 잘했던 기억이 있다.

갑자기 선생님께서 "너는 미국이나 영국에서 영어 공부하다 한국에 왔지? 발음이 너무 좋은데?"라고 말씀하셨다. 그때까지 비행기 한 번 타본 적이 없는 나에게 외국에서 공부하고 왔다고 착각 할 정도로 발음이 좋다고 칭찬을 해주다니 기분이 정말 좋았다. 나의 자신감은 치솟았다. 노력하면 영어 실력파가 될 수 있겠다는 생각이 들었다.

평범했던 소녀가 해외파로 오해받았던 데에 어떤 비법이 있었을까? 사실 나는 어릴 때부터 언어 공부에 관심이 많았다. 누가 시키지 않아도 스스로 영어 공부에 매진했다. 지금처럼 다양한 콘텐츠가 없었던 시절이라 할리우드 영화를 보며 공부를 했다. 영화를 볼 목적도 있었지만, 영어 공부도 생각했기에 그에 알맞은 영화를 선택했다. 그리고 영화를 계속해서 돌려봤다. 몇 번보다 내용이 파악되면 달력을 잘라 텔레비전 화면 위 자막이 나오는 부분에 붙였다. 그렇게 자막을 보지 않고 계속해서 돌려보았다. 그 과정에서 외국의 문화도 익힐 수 있었고, 자연스럽게 듣기 실력도 향상되었다.

팝송도 활용했다. 백 스트리트 보이즈(Back street boys), 아론 카터(Aron Carter), 리키 마틴(Ricky Martin), 브리트니 스피어스(Britney Spears) 등 그 당시 유명했던 가수들의 테이프와 CD를 사서 들었다. 각 앨범 표지에 깨알 같은 글씨로 써 있는 가사를 사전을 찾아보며 번역했다. 그렇게 가사를 알고 팝송을 들으니 더 재미가 있었다. 이 방법 이외에도 나만의 방식으로 영어 공부를 했다. 일상생활에서 생각을 영어로 표현하고 싶어 포켓 사전을 들고 다니며 혼자 작문도 해 보았다. 이러한 시간이 있었기에 선생님께서 나를 유학파로 오해할 정도의 발음을 갖게 되었던 것이다.

해외에서 유학했냐는 오해 덕분에 그 후로 꾸준히 영어 공부를 했다. 특히 시험에선 반드시 좋은 성적을 받고 싶었다. 그래서 영어 교과서를 읽고 또 읽었다. 책이 너덜너덜해질 때까지 반복해서 읽었다. 학교생활에서 힘든 일이 있을 때 영어 교과서를 크게 읽으면 스트레스가 해소되는 것 같았다. 배에 힘을 가득 넣고 열심히 읽다 보면 근심 걱정이 사라지는 것만 같았다. 책을 덮고도 술술 외워질 때까지 반복해서 암기했다. 암기한 본문을 노트에 직접 써 보고 나만의 기준에서 시험지를 만들어 보았다. 빈칸을 스스로 만들어 어떤 부분이 시험에 나올지 예상하며 그 종이로 다시 공부를 했다. 이런 식으로 공부하다 보니 당연히 성적이 좋을 수밖에 없었다. 노력해서 발음, 억양이 좋아지고 성적도 잘 나오니 자신감이 올라갔다. 자연스럽게 나 자신에 대한 믿음이 생겼다.

이러한 언어 사랑은 계속 이어졌다. 고등학교, 대학교 모두 언어와 관련하여 진학했다. 목표 또한 언어와 관련하여 설정했다. 내 목표는 '영어 정복하기' '해외에서 체류하기' '배낭 여행가서 외국 친구들 사귀기' 등 이었다. 당연히 내가 설정한 단기 목표들을 하나하나 이루어 나갔다. 목표를 달성하다 보니 점차적으로 자신감이 쌓여갔다.

이렇게 빛나던 시절의 내가 있었지만 결혼과 출산이란 과정을 거치고 많이 달라져 버렸다. 특히 아이를 낳고 마치 내 자신이 없어지고 나만의 생활은 없어진 것 같아서 슬펐다. 아이가 커가는 모습을 바라보면 너무 예쁘고 보람이 되었지만 마음 한 편이 답답했다. 이렇게 하루하루가 반복되면 안 될 것 같았다.

그때 다시 책을 집어 들고 독서를 통해 성찰을 했다. 내가 가장 빛나던 순간을 돌아봤다. 나의 20대 시절은 반짝반짝 빛이 났었다. 그 당시의 나는 20대 시절을 글로벌하게 보내고 싶어 여행을 많이 다녔다. 이러한 소중한 경험이 결과적으로 나의 자존감을 높였다. 뭐든지 마음먹으면 할 수 있다는 마인드로 계속해서 도전했다.

취업 준비의 기간이 되어 열심히 노력해서 은행에 취업을 할 수 있었다. 취업 성공의 핵심은 나 자신에 대한 믿음이었다. 이러한 믿음은 외국어 공부로부터 비롯되었다.

영어로 소통하고 다양한 경험을 하며 내 존재 가치를 높였고 이로 인해 자존감이 향상 되었다. 더 넓은 세계에서 활동하다 보니 시야가 확장되고 통찰력이 넓어질 수 있었다. 그로 인해 새로운 목표를 설정한 뒤 열심히 매진할 수 있었고 원하는 결과도 얻을 수 있었다.

하지만 아이를 낳고 달라진 상황에서 다시 영어 공부를 결심했다. 다시 한 번 자존감을 찾아 반짝이는 내가 되기 위해 새롭게 영어 공부를 시작하기로 한 것이다. 학생들을 가르칠 때의 영어가 아닌 일상에서 쓰이는 영어 공부를 시작했다. 다양한 콘텐츠를 활용했고 영어원서도 읽었다. 처음에는 습관이 되어있지 않아 힘들었지만 차츰 공부의 효과가 보였다. 꿀 먹은 벙어리 같던 내가 다시금 영어로 생각을 표현할 수 있게 되었다.

쉐도잉 연습을 통해 딱딱하게 굳어있던 발음이 원어민의 발음과 유사해져 갔다. 감명 깊게 읽었던 책을 원서로 읽으며 원문만의 감동을 느끼게 되었다. 조금씩 실력이 쌓여가고 눈에 보이게 발전하는 모습이 보이자 내 마음이 조금씩 회복되어 갔다. 마음속 공허함이 공부를 통해 채워지는 듯 했다. 옆에서 남편도 다시 예전처럼 활력을 찾은 것 같다며 보기 좋아 보인다고 적극적으로 응원해 주었다. 다시 영어 공부를 하면서 나와 같은 엄마들에게 필요한 건 공부라는 것을 느꼈다. 그 중에서도 영어 공부가 여러모로 도움이 될 것이라고 생각한다. 이 글을 읽고 있는 당신도 아이를 낳고 자존감이 하락했다는 생각이 들면 바로 영어 공부를 시작하자. 내 존재의 가치를 높여보고 싶다면 공부로 증명해보자. 실력이 향상되고 내 능력에 대한 확신도 생길 것이다.

다음 체크리스트에서 당신은 몇 가지에 해당 되는가?

□ 하루 종일 집안에 틀어박혀 살림하고 아이 돌보느라 말도 못할 만큼 너무 힘들다.

□ 사회와 단절되어 멈춰진 것 같아 내 존재 가치도 멈춰진 듯하다.

□ 한때 누구보다 아름다웠는데 나를 돌볼 여유가 없다. 다시 자존감을 찾고 싶다.

□ 이유 없이 우울하고 내 자신이 한없이 초라한 것만 같다.

□ 왜 사는지 모르겠고, '나'라는 존재가 의미가 없는 것만 같다.

위의 5개 중 하나라도 해당 된다면 당신에게 필요한 것은 '영어 공부'이다. 영어 공부를 통해 지금의 답답함에 벗어나 당신의 자존감까지 올려보자.

자존감을 살리는
특효 처방약 '도전'

〜

"To accomplish great things, we must not only act,
but also dream; not only plan, but also believe."
– Anatole France

"위대한 일을 달성하기 위해서, 우리는 행동할 뿐만 아니라 꿈도 꿉니다.
계획할 뿐만 아니라 믿어야 해요."
_아나톨 프랑스

나의 20대는 도전의 연속이었다. 나는 국제적인 인재가 되고 싶었다. 평범한 일상에서 벗어나 도전해 보는 삶을 지향했다. 다양한 외국 친구들과 막힘없이 소통해 보고 싶었다. 그때부터 다양한 프로그램을 통해 경험을 쌓았다.

특히 한국에서 개최되는 국제적인 행사에서 자원봉사를 많이 했다. 그 당시 함께 자원 봉사 활동을 하며 알게 된 대학생 H는 대전에서 일부러 부산까지 와서 참여하였다. 나는 그녀의 공손한 국제 매너와 뛰어난 영어 실력에 감탄했다. 나에게 좋은 자극이 되었다. 알고 보니 그녀는 내로라하는 인재들만 간다는 S대 영어 교육학과 학생이었다. 일 처리나 행동이 비범하더라니 그녀가 달라보였다. 이런 프로그램에 참여하는 대부분은 사람들은 진취적이고 도전적인 성향의 사람들인지라 자연스럽게 좋은 인연들을 많이 만났다.

특히 그 중에서 부산국제영화제 자원봉사의 경험이 가장 기억에 남는다. 유명한 연예인들도 많이 보았고 작품성 있는 영화와 감독님들도 간접 경험할 기회가 되었다. 미국에서 오신 다큐멘터리 감독님을 해운대 바닷가 행사장으로 안내해 드렸는데 가는 도중에 나에게 식사를 제안하셔서 식사하며 많은 대화를 나누었다. 이후 나에 대한 좋은 피드백을 해주셨고, 한국에 대한 좋은 인상을 갖게 될 수 있었다 이야기 해주셔서 뿌듯했다. 행사 기간 중 여러 국가에서 온 관객들 앞에서 마이크를 들고 영어 안내문을 낭독하는 행운도 얻었다. 많이 떨렸지만 내 목소리로 국내외 관객들 앞에 설 수 있다는 사실에 기뻤다. 안내가 끝난 뒤, 관객들의 기립박수를 받았다. 너무 뿌듯했고 내 가치가 높아진 것만 같아 행복했다.

국내뿐만 아니라 해외에서 열리는 워크캠프에 참여하여 다양한 국가의 친구들과 교류하는 추억도 쌓았다. 태국에서 열린 워크캠프에서 나이가 같은 독일인 친구를 사귀게 되었다. 그녀와 함께 대화를 나누고 서로에 대해서 알게 되면서 친해졌다. 그러다 함께 태국여행을 함께 할 수 있었다. 몇 년 뒤, 그 친구와 베를린에서 다시 만나는 놀라운 행운도 얻었다. 그녀는 동양인들의 배려와 겸손의 문화가 마음에 든다고 했다. 그녀에게 한국 요리도 알려주고 함께 독일 페스티벌에 참여도 했다. 베를린 장벽을 구경하며 한국과 독일의 닮은 꼴 역사에 대해 토론했다. 참 아름다운 기억이다.

영어 하나에만 만족하지 않았던 나는 중국어, 독일어 공부에 도전했다. 중국 어학연수를 통해 웬만한 생활 회화는 가능한 수준으로 실력을 쌓았다. 그 당시 한류 열풍이 한창이어서 중국인 친구와 교류하는 것은 어렵지 않았다. 여러 가지 대화를 나누다 보니 자연스럽게 회화 실력이 쌓였다. 홍콩 친구들과는 영어로 대화를 나누다 막히는 순간이 오면 중국어로 대화를 했다. 그렇게 소통하는 과정이 너무 재미있었다. 그러던 중 독일에서 교환학생으로 공부할 기회를 얻게 되었다. 독일로 가기 전 홍콩에서 스톱오버를 신청하여 홍콩 친구들과 다시 재회했다. 그 중에 한국에서 자원봉사를 하며 만났던 큰 회사의 여성 임원이셨던 홍콩분이 계셨다. 그분은 나의 안내에 감동을 받으셔서 홍콩에 오면 보답을 하고 싶다고 꼭 연락하라고 하셨다. 그래서 홍콩 여행 중 그분에게 연락했고, 기꺼이 시간을 내주었다. 그분께선 직접 본인의 차로 홍콩의 여러 곳을 구경시켜 주고 좋은 레스토랑에서 밥도 사 주셨다.

좋은 경험을 나에게 선물해 주셨다. 호의에 부담을 느끼던 나에게 그분이 해주셨던 말이 아직도 기억이 난다.

"음. 나는 무언가를 바라고 한 게 아니니 부담을 느낄 필요가 없단다. 정말 나에게 고마움을 느낀다면 한 가지 부탁을 할게. 너도 언젠간 이런 자리에 올라 또 다른 누군가에게 호의를 베풀어준다면 그거면 된단다. 나도 여러 좋은 사람의 도움을 많이 받아 이 자리에 온 거거든. 언젠간 꼭 그런 날이 오길 바랄게."

정말 멋진 말이 아닌가? 아무런 대가를 바라지 않고 평범한 한국인 대학생에게 그러한 호의를 베푼다는 것은 쉬운 일이 아닐 것이다. 그것이 그녀의 성공의 비결이었던 것 같다. 나도 언젠간 젊은 외국인 학생에게 그녀와 같이 선한 영향력을 펼칠 날을 기대해 본다.

홍콩 여행 동안 묵었던 도미토리룸에서 오스트리아 출신의 친구를 사귀게 되었다. 그녀는 박사과정을 준비하고 있었다. 나중에 내가 독일 교환학생 기간 동안 그녀가 오스트리아에서 독일까지 방문하여 우리는 다시 만날 수 있었다. 너무나 놀랍고 특별한 경험이 아닌가? 홍콩에서 만난 인연을 독일에서 다시 만나다니! 그녀의 긍정 에너지 덕분에 시간 가는 줄 모르고 대화를 나누었다. 그녀도 나와의 대화가 재미있고 많은 것을 깨닫게 해준다고 말했다. 몇 년 뒤, 그녀는 박사학위를 취득했고 배낭을 메고 다시 한국에 방문했다. 각종 기념품과 특산품을 가득 들고서 말이다. 그녀는 우리 집에서 며칠을 지내면서 나와 함께 한국 여행을 했다.

지금 돌이켜보면 이 모든 것들이 꿈같은 시간들이었다. 이런 값진 경험들이 그냥 찾아온 것이 아니다. 수도 없이 찾아보고 두드려 보았기에 가능했다. 국제행사가 열리는지 수시로 확인하고 지원서를 보냈다. 평범한 대학생으로 도서관과 집만 오가며 공부했더라면 이러한 경험은 꿈도 꾸지 못했을 것이다. 나는 늘 지루하지 않고 값진 삶을 살고 싶었다. 그래서 다양한 기회에 '도전'을 해왔고 결과적으로 나 자신에 대한 믿음을 쌓으며 자존감을 높일 수 있었다.

지금의 일상을 좀 더 의미있게 채워나가고 싶다면 원하는 삶을 향해 도전을 해보자. 무작정 도전만 한다고 성취되는 것은 아니다. 준비된 자만이 기회를 잡을 수 있는 법. 영어 공부를 통해 실력을 쌓아 준비한다면 좋은 기회가 찾아왔을 때 놓치지 않을 것이다. 글로벌 시대에 국제적으로 뻗어 나가고 싶지 않은가? 자신감이 없어서, 실력이 없어서, 영어를 못해서라는 생각에 숨어만 있다면 당신은 평범히 살아가게 될 것이다. 지금 도전해서 영어 실력을 쌓아보자. 나의 아이를 좀 더 글로벌하게 키워내고 싶다면 나부터 도전해보자.

좋은 습관 형성의 첫걸음,
안락지대에서 벗어나라

"We are what we repeatedly do.
Excellence, therefore, is not an act but a habit."
_Aristoteles

"우리가 반복적으로 행하는 것의 결과가 우리이다.
그렇다면 탁월함이란 행동이 아닌 습관인 것이다."
_아리스토텔레스

유명한 아리스토텔레스의 명언대로 수준급의 영어 실력을 갈고 닦기 위해서 필요한 것은 당신의 언어 감각보다는 습관이다. 즉 아무리 실력파라도 노력파를 이길 수가 없다는 말이다. 지금껏 '나는 영어를 못해.' '언어와는 담 쌓고 지낸지 오래인데 내가 무슨 영어 공부야?'라는 생각을 해온 당신이라면 주목해야 한다. 당신은 영어를 잘 할 수 있고 수준급 영어를 말하는 것이 가능하다. 지금부터 습관으로 만들어 노력한다면 무조건 가능하다. 그렇다면 구체적으로 어떤 방식으로 습관을 만들 수 있는 걸까?

　습관 형성의 첫걸음은 안락지대에서 벗어나는 것이다. 모든 사람은 각자만의 안락지대(comfort zone)를 갖고 있다. 사람들은 안락지대 속에서 편안함을 느끼고 그 부분을 벗어나면 불안해 진다. 안락지대 속에서는 잔잔한 호수같이 조용하고 소란스러운 소동도 일어나지 않는다. 굳이 이 영역을 벗어나 모험을 할 필요가 없게 된다. 그러한 생각만 해도 피곤하고 두렵고 귀찮다. 이런 이유로 보통의 경우 안락지대 속에서 머물고자 한다. 편안하게 살면 되는 거 아닌가라는 생각이 드는가? 만약 안락지대 속에 계속 갇혀 있다면 안락지대의 영역은 점점 줄어든다. 그와 동시에 자신감까지 줄어들게 된다. 자기 자신의 알을 깨고 나와야 그때부터 자기만의 혁명이 일어나는 법이다. 알을 깨는 과정이 험난하고 고통스러울지는 몰라도 그 과정을 넘어서면 도약이 일어난다.

　여기 누구보다 활동적이던 A가 있다. 임신과 출산을 겪으며 아이 키우고, 일하느라 직장과 집을 오가며 정신없이 살아간다. 일을 하긴 해도 다른 사회 모임에 참여도 못하고 전업 맘보다도 자신을 돌아볼 여유가 없다. 전업 맘들이 아이들 등원시키고 브런치 모임을 하는 게 너무나 부럽다. 직장에서 치이고, 집안 살림도 엉망이며, 아이도 제대로 돌보지 못한다. 그러다 보니 내가 왜 사는지 모르겠고 내 자신이 한없이 초라해 보인다.

반면에 왕년에 사회에서 잘나가던 B가 있다. 사회에서 인정받고 커리어도 제법 쌓아가던 도중 아이를 낳고 두 가지 갈래의 길에서 고민하다 퇴사를 하게 된다. 그 후 전업 주부의 삶을 살며 아이를 돌보고 집안 살림을 하게 된다. 나름의 삶이 지치고 고달파 다른 활동을 할 여유도 없고 이제는 가진 능력도 없다는 생각이 든다. 내 자신이 사라진 것 같고 쭈글쭈글해 진 것 같단 생각이 든다.

A, B 둘 다의 경우 그들의 안락지대 영역이 줄어든 것이다. 그들 모두 현재의 삶이 팍팍하다는 이유로 지금도 나쁘지 않다는 생각에 본인들만의 안락지대에 머물러 있었다. 처음에는 티가 잘 나지 않지만 한 달이 지나고, 일 년이 지나면 확연한 결과를 보이게 된다. 그들의 안락지대가 좁아져 자신감이 떨어졌고, 지금의 삶이 초라해 보이게 된다.

당신도 A, B의 사례와 같은 경험을 하고 있는가? 그들의 감정에 공감하고 있는가? 사실 당신의 현재 위치는 당신이 생각만큼 초라한 곳에 있지 않다. 원하는 모습이 있다면 도전해서 만들어내면 되는 것이다. 당장의 편안함만 추구하며 살다보면 인생의 변화는 찾아오지 않을 것이다. 노력 없는 결과를 바라는 건 도둑심보가 아닌가. 마치 시험 공부를 하나도 하지 않은 학생이 시험에서 100점을 받겠다고 우기는 것과 마찬가지이다. 귀찮다는 핑계로, 할 수 있을 거란 자신감이 없다는 이유로, 아무런 변화 없이 살아왔다면 이제 변화할 때가 왔다. 당신의 안락지대에서 벗어날 때이다.

안락지대에서 벗어나고 싶다는 생각이 들었다면 구체적으로 실행하는 방법을 소개하고자 한다. 편안하게 느끼는 구역에서 벗어나기 위해서는 지금의 패턴에서 벗어나는 새로운 행동을 해야 한다. 그런데 처음부터 아주 거창한 변화를 시도하는 것보다 처음에는 정말 사소한 것부터 시도를 해보자. 예를 들어, 모른 척 하고 지내던 이웃에게 먼저 환하게 웃으며 인사하기. 자주 주차하던 주차구역이 아닌 조금 떨어진 곳에 주차하기. 건강을 위한 운동이라 생각하고 엘리베이터 대신 계단으로 이동하기. 양치질을 정확히 타이머를 맞추어 놓고 해보는것등 일상의 작은 행동들을 시도해 보는 것이다.

이러한 작은 변화는 누구나 마음만 먹으면 쉽게 완료할 수 있을 것이다. 이렇게 하나씩 변화의 행동을 실행하다 보면 나도 할 수 있다는 자신감이 붙게 된다. 같은 일상만 반복할 때는 몰랐던 나 자신에 대한 믿음이 생겨난다. 새로운 영역에 대한 확신이 생기며 더 이상 두려운 영역이 아닌 나의 바운더리로 남게 된다. 그렇게 서서히 안락지대의 영역도 넓혀갈 수 있다. 지금처럼 매일 시간만 대충 때우며 하던 대로 살다보면 계속 그저 그런 삶의 연속일 뿐이다. 삶을 바꾸고 싶고 업그레이드 하고 싶다면 지금껏 하지 않았던 것들을 시도해보자. 멈춰져 있는 상태를 움직이도록 만들어보자. 자신의 안락지대의 범위를 확장시켜 자신감을 넓힐 때는 바로 지금이다.

영어로 쓰는
버킷리스트

"We're here to put a dent in the universe.
Otherwise why else even be here?"
_Steve Jobs

"우리는 우주에 발자취를 남기려고 태어났어요.
그렇지 않으면 여기 존재할 이유가 없지 않겠어요?"
_스티브 잡스

유명한 자기계발서 《꿈꾸는 다락방》에서는 생생하게 꿈꾸면 이루어
진다고 한다. 이 책의 저자 이지성 작가는 평범한 교사에서 대한민국
최고의 베스트셀러 작가가 되었다. 그가 만일 교사의 삶에 만족하며
현실과 타협했더라면 지금의 성공은 거둘 수 없었을 것이다. 본인의
꿈이 이루어질 거라고 믿고 주변의 자극에 흔들리지 않고 확고하게
밀고 나갔기에 성취할 수 있었다. 그는 R=VD라는 공식을 강조한다.
이는 '생생하게(vivid) 꿈꾸면(dream) 이루어진다(realization).'라는 뜻이

다. 여러 자기계발서에서 강조하는 부분과 일맥상통하는 부분이다. 자기가 원하는 바를 알고 끊임없이 상상하고, 미래를 꿈꾸면 어느새 그 꿈과 닮아간다.

나 또한 어릴 때부터 소망하는 목록을 다이어리에 써서 들여다보고 그것을 이룬 모습을 상상하곤 했다. 열심히 살다가 문득 목록을 보면 어느새 이루어진 일들이 많았다. 경험 해본 사람들이면 공감하겠지만 자신도 놀랍고 신기하고 때로는 소름 돋기도 했다. 이것들이 단순한 우연이라고 생각하지 않는다. 내가 원하는 점을 인지하고, 그 점들을 목록으로 나열하여 써 보았고, 그 목록을 읽으면서 머릿속으로 상상을 했다. R=VD 공식을 자연스럽게 실행한 것이다. 목록을 쓰면서 소망이 이루어지는 장면을 머릿속에 그리며 성취되었을 때의 행복감을 느껴보았다.

그런데 아이를 키우며 바쁘게 살다보니 자연스럽게 내 꿈이 무엇인지, 원하는 소망이 무엇인지 잊고 살게 되었다. 목록을 쓰며 설레고 싶어도 어떤 걸 원하는지 조차 파악이 되지 않았다. 억지로 쥐어짜내어 써봤자 마음속에서 울림이 느껴지지 않았다. 육체적으로 지치고 정신적으로도 기운이 없어 '꿈'이라는 것은 나와 한참 멀리 떨어져 있는 듯 보였다. 하지만 이럴 때 일수록 우리 엄마들이 다시 꿈을 찾아 움직여야 한다. 무기력한 매너리즘에 빠져 우울해하기 보다 꿈을 통해 활력을 얻는 편이 좋다. 원하는 삶을 찾아 좀 더 나은 내 자신을 만들고 그 에너지를 우리 아이들에게 쏟아야 한다.

지금 이 순간 펜을 들어 버킷리스트를 작성해 보자. 당장은 아이디어가 떠오르지 않을 것이다. 머릿속에 원하는 것들을 상상해보자. 말도 안 되는 목표라도 좋다. 갖고 싶은 물건, 이루고 싶은 일, 원하는 관계 다양하게 생각해보자. 평소 두려움에 생각도 못 했던 일들, 죽기전에 꼭 한번 해보고 싶은 일들 다양하게 떠올려 보자. 머릿속에 다양한 생각이 떠오르는가? 그럼 다음 단계로 넘어가 보자. 이번에는 브레인스토밍을 해보자. 처음 머릿속에 아이디어를 떠올려 보았다면 다음에서 소개할 카테고리별로 나누어 우선은 한글로 리스트를 나열해보자.

버킷리스트 브레인스토밍을 위한 카테고리

Career (일) / Travel (여행) / Health (건강) / Finances (재정, 풍요)

Relationships (관계) / Adventure (모험)

카테고리가 있으면 무작정 생각할 때보다 편하게 생각이 떠오를 것이다. 이 과정에서 스스로에게 자꾸 질문을 던져보아야 한다. '내가 원하는 삶은 어떤 걸까?' '내가 이루고 싶은 커리어 목표는 뭐가 있을까?' '내가 여행하고 싶어 하는 나라들은 어디일까?' '내가 관심을 두고 있는 스포츠에는 뭐가 있을까?' 등의 질문을 해보며 대답을 떠올려보자.

행복하고 반짝거리는 삶을 살고 싶다면 구체적으로 나열해 보자. 목록이 많고 구체적일수록 이룰 수 있는 가짓수도 많아질 것이다. 내가 작성한 목록을 읽어보면 저절로 미소가 지어질 것이다. 나도 이렇게 꿈이 많은 여자였는데…, 이제 다시 꿈꾸는 엄마가 될 때이다.

이제 한글로 쓴 목록들을 영어로 번역해보자. 사전을 활용하거나 힘들면 번역기를 사용해 보자. 중요한 것은 내 손으로 직접 써야 한다는 것이다. 하나하나 영어로 써 가며 다시 한번 목표를 되새길 수 있는 장점이 있다. 한글로 쓸 때보다 더 많은 신경을 쓰기에 기억 속에 더욱 자리 잡게 되어 일석이조의 효과가 있다. 혼자 작문하는 것이 너무 어렵다면 아래에서 소개하는 예시를 참조하면 된다. 내 소망이 이루어지길 원한다면 반드시 스스로 써 보고 예시를 참조하여 수정해 볼 것을 권한다. 이 목록은 반복하여 써보고 읽어보도록 하자.

꿈이 이루어지는 그 날까지 꾸준히 리스트를 업데이트 해보자.

<두근두근 영어 버킷리스트를 위한 카테고리와 목록 예시>

Bucket List Ideas for Your Career (커리어)

1. Establish a healthy work-life balance (일과 생활의 균형 맞추기)

2. Find a job I desire (원하는 일 찾기.)

3. Write a book using my expertise I've gained during my career

(일하며 갖게된 전문성을 사용해 책 쓰기)

4. Own Your Own Business (나만의 사업하기.)

5. Open an oline store (온라인 쇼핑몰 열기.)

Bucket List Ideas for Personal Development Goals (자기계발)

1. Learn how to play an instrument (악기 연주 배우기.)

2. Learn a foreign language (외국어 학습하기)

3. Write a book and get it published (책을 써서 출판하기.)

4. Learn how to dance (댄스 배우기.)

5. Reach 3000 followers on instagram (인스타 그램 팔로워 3000명 만들기.)

Bucket List Ideas for Travel (여행)

1. Visit Every Continent (모든 대륙 방문해 보기.)

(Africa, Antarctica, Asia, Australia, Europe, North America, South America)

2. Visit (나라 혹은 도시 명) (OOO 방문하기)

3. Stay in (나라 명 혹은 도시 명) for (원하는 체류기간) days (OOO에 OO일 동안 머물기)

4. Staying at a luxury resort for a month (고급 리조트에 한 달 숙박하기)

5. Take an international trip with (my daughter) (딸과 해외여행 가기.)

Bucket list ideas for health (건강)

1. Get to my ideal weight (원하는 체중 도달하기.)

2. Take a yoga class (요가 배우기)

3. Go vegetarian for one month (한 달에 한 번 휴가가기.)

4. Meditate for 5 minutes every night before bed (매일 밤 자기 전 5분정도 명

상하기.)

5. Stretch for five minutes every morning (매일 아침 5분 스트레칭하기.)

Bucket list ideas for finances (재정)

1. Become Debt-Free (빚 청산하기)

2. Lower my Monthly Bills (매달 나오는 청구서 금액 낮추기)

3. Read (number) Finance Books (O권의 금융 서적 읽기)

4. Save for emergencies (긴급사항을 위해 저축하기)

5. Become rich by investing promising stocks (유망한 주식에 투자해 부자되기)

Bucket list ideas for relationships (관계)

1. Spend time with people who make me happy

(나를 행복하게 만드는 사람들과 시간보내기)

2. Change someone's life for the better (누군가의 삶을 좋게 바꾸어 보기)

3. Write letters to important people (중요한 사람들에게 편지써보기)

4. Connect with the teachers from my past (과거의 은사님들께 연락해보기)

Bucket list ideas for adventure (모험)

1. Go bungee jumping (번지점프 하기.)

2. Swim with dolphins (돌고래와 수영해보기.)

3. Learn how to sail (항해하는 법 배우기.)

4. Watch the sunrise (일출보기.)

Others

1. Eat at a 5-star restaurant (5성급 레스토랑에서 식사하기)

2. buy a designer handbag (디자이너 핸드백 사기)

3. Try a new hairdo (새로운 헤어스타일 시도해 보기)

<두근두근 나의 꿈을 이루기 위한 나만의 버킷리스트>

Bucket List Ideas for Your Career (커리어)

1.

2.

3.

Bucket List Ideas for Personal Development Goals (자기계발)

1.

2.

3.

Bucket List Ideas for Travel (여행)

1.

2.

3.

Bucket list ideas for health (건강)

1.

2. _____

3. _____

Bucket list ideas for finances (재정)

1. _____

2. _____

3. _____

Bucket list ideas for relationships (관계)

1 _____ .

2. _____

3. _____

Bucket list ideas for adventure (모험)

1. _____

2. _____

3. _____

3일마다
작심삼일을 반복하라

〜〜〜

"Just keep going. Everybody gets better if they keep at it."
_Ted Williams

"계속해서 해보세요. 모든 사람들은 계속하면 더 잘하게 된답니다."
_테드 윌리엄스

새해가 다가오면 많은 사람들은 보통 새로운 결심으로 목표를 세운다. 우선 예쁜 다이어리를 사서 열심히 계획을 세운다. 새해 목표 10kg 감량! 외국어 공부! 책 읽기! 등 목표를 써 내려가다 보면 모든 걸 할 수 있을 것만 같다. 의지에 불타올라 다양한 시도를 한다.

다이어트를 위한 식단 관리를 하려고 닭 가슴살을 산다거나, 냉장고 속을 각종 야채와 샐러드용 식재료로 가득 채운다. 헬스장에서 새해맞이 행사를 하는 기회를 놓치지 않고 6개월을 덜컥 등록한다. 거기에 더해 외국어 공부 유료 앱을 결제한다. 1년 동안 할 건데 이정도 투자쯤이야 라고 생각하며 큰돈을 과감히 투자한다. 올해부터 달라진 나를 보여줄 것이라 자신만만하게 의지를 다져본다.

그런데 사실 이 의지가 계속 지속되기가 어렵다. 며칠이 지나면 의지는 사라지고 모든 게 귀찮아진다. 헬스장에 매일매일 출근 도장을 찍지만 갑자기 몸살이 나거나, 뭐 오늘 하루 쯤이야 라고 생각하며 헬스장을 가지 않게 된다. 하루 빠지는 게 힘들지 두 번 세 번 가지 않는 건 쉽다. 그러다 서서히 헬스장과 멀어진다. 닭 가슴살, 달걀 흰자도 먹다 보니 질린다. '오늘 운동 많이 했으니까 괜찮아' '주말에는 조금 먹어도 상관 없어.'라고 합리화하며 치킨을 배달시킨다. 갑자기 냉장고 속 채소와 닭 가슴살은 쳐다보기가 싫어진다. 그렇게 다이어트는 흐지부지 되고 다시 예전의 일상으로 돌아가게 된다.

영어 공부도 마찬가지이다. 새해에는 영어를 정복할 것만 같은 기대감으로 들뜬다. 할리우드 영화도, 미드도 자막 없이 반복해서 들어보고, 유료 앱을 결제 했으니 밤낮 할 것 없이 시간을 내어 열심히 활용한다. 그러다가 권태기가 온다. 요즘 인기리에 방영되는 드라마가 할 시간이다. 다른 사람들과 대화에 끼려면 무조건 봐야할 것 같다. 편안히 드라마 보며 누워 놀고 싶은 유혹에 휩싸인다. 그렇게 점점 영어 공부와 서서히 멀어지게 되고, '영어야, 잠시 이별하고 내년에 다시 만나자.'라며 영어 공부를 놓아버린다.

작심삼일은 우리 모두에게 익숙한 말이다. 작심삼일[作心三日] 즉, '굳게 먹은 마음이 사흘을 못 간다'라는 우리말 속담과 같은 한자성어이다. '사람의 마음이란 쉽게 변하는 것이고, 바위 같은 굳은 결심도 끝까지 지켜내기란 어려운 것이다.'라는 교훈이 담긴 말이다.

많은 이들이 공감하겠지만, 마음먹고 열심히 하다 지치는 순간이 오면 중단되기 일쑤이다. 그러다 다시 의지를 다지며 다시 시도하고 또 다시 포기하기를 반복한다. 학창 시절 수학의 정석은 앞부분만 열심히 공부해보지 않았는가? 집합을 얼마나 열심히 공부했던지 아직도 집합이 머릿속에 박혀있다.

엄마의 영어 공부도 마찬가지이다. 아무리 결심하고 의지를 굳게 다져 영어 공부를 해나간다 하더라도 하기 싫은 순간이 올 수 있다. 일반적으로 누구나 처음부터 꾸준히 마음먹은 대로 이어나가기란 어렵다. 이제 생각을 조금 바꾸어보자. 사실 작심삼일도 아무나 할 수 있는 게 아니다. 3일 동안 열심히 실천했다면 그것 또한 칭찬 받아 마땅하다. 3일이 아니라 일주일, 10일 혹은 그 이상을 공부했다면 더욱 대단한 당신이다. 그러다 몸이 안 좋아서, 사정이 있어서 잠시 쉬었다고 좌절하지 말자. 꾸준하게 이어가지 못 했다며 자기 자신을 몰아세우지 말자. 그럼 그때 다시 작심삼일을 시작해 보면 되는 것이다.

한 달을 30일이라고 가정했을 때 3일마다 작심삼일을 반복하면 총 15일을 실행한 것이 된다. 15일이 1년이면 180일이다. 하루하루로 환산해보면 총 6개월간 당신이 공부를 한 셈이다. 이렇게 이야기 하면 감이 오는가? 잠시 쉬어가는 건 문제가 아니란 것이다. 처음부터 365일 매일 공부를 하겠다 생각하면 가슴이 답답하고 오히려 하기 싫은 마음이 커 질수도 있다. 엄마의 영어 공부는 부담이 되어선 안 된다. 편하고 재미있게 실천하는 것이 목표이다. 재미가 있어야 꾸준히 할 수 있기 때문이다.

영어 공부를 마음먹고 노력해 나가다가 어느 순간 지치고 포기하고 싶은 순간이 올 수도 있다. 그럴 때 노력하다 손을 놓고 포기해 버린 뒤, 자기 자신을 자책할 지도 모른다. 자신을 의지박약이라며 다 그치거나, 비하하며 힘들어하는 경우도 종종 보았다. 하지만 처음부터 완벽하게 습관을 형성하여 꾸준하게 공부하는 사람이 어디 있겠는가? 누구에게나 시행착오가 있고 행여나 중도에 그만두더라도 다시 시작하면 되는 것이다. 시도를 해본 자신을 칭찬하고, 인정해주자.

작심삼일이라도 3일간 실천을 한 부분은 잘한 것이다. 몸이 좋지 않아서, 아이가 아파서, 회식이 있어서, 급한 약속이 생겨버려서 등의 이유로, '어쩔 수 없음'이라는 핑계를 대며 자기 자신을 합리화한다. 그러다 보면 다시 원점으로 돌아가 버리고 어느새 계획은 흐지부지 되어 버린다. 그런 일들로 공부를 중단하였더라도 상황이 회복된 뒤에는 다시 공부를 시작해보자. 이러한 과정을 반복하다 보면 어느 순간 진짜 습관을 형성하게 되는 날이 온다. 우선은 시행착오의 시간이구나 생각하며 중간에 공부를 멈췄더라도 언젠가는 꼭 다시 시도해 보도록 하자.

꾸준히 달려가는 것이 힘들고 정말 시간 할애가 힘든 바쁜 당신이라면 기억하자. 작심삼일을 3일마다 반복하기! 아무리 힘들어도 최소한 3일간은 열심히 노력하기. 3일만 이라도 공부를 이어나간다 생각하고 짧은 팟캐스트 한 편이라도 꼭 듣도록 해보자. 노트 정리나 쉐도잉이 버겁게 느껴진다면 간단한 청취연습이라도 해보도록 하자. 이러한 시도를 하는 것이 새로운 습관으로 이어질 가능성이 생겨나는 것이다. 모든 것을 놓고 포기하지 말고 언제든지 영어 공부를 다시 시작할 수 있도록 하자.

하루 5문장씩
외우기부터 시작하라

〜〜〜

"Nothing will work unless you do."
_Maya Angelou

"아무것도 하지 않는 한 아무 일도 일어나지 않는다."
_마야 안젤루

맘스 잉글리쉬를 성공하고 싶다면 한 가지 당부하고 싶은 점이 있다. 앞서 잠시 이야기 한 대로 '절대로 무리하게 공부하지 말라'는 것이다. 영어 공부를 열심히 하기로 해놓고 열심히 하지 말라고 말하는 것이 아니다. 수년간 초등학생부터 고등학생까지 가르치며 느낀 점은 어린 나이부터 너무 애써서 노력하는 학생들은 반드시 지치는 순간이 온다는 것이다. 앞에서 에너지를 많이 써버려 정작 힘을 내야 할 시기가 되면 더는 힘이 나지 않아 주저앉아 버리는 경우도 보았다.

영어 공부는 마라톤 경기와 같다. 초반에는 다소 늦더라도 조급함을 버리고, 일관성을 갖고 꾸준하게 노력해야 한다. 영어 공부도 마찬가지이다. 새로운 목표를 설정하고 전력질주하다 보면 지치는 순간이 오게 되어 있다.

특히 바쁘고 정신없는 엄마들의 경우는 더욱 그렇다. 무리한 목표를 세팅해 놓고 조급하게 움직이다 보면 금세 지치게 되어있다. 처음에는 부담을 느끼지 않을 정도로 작은 노력들을 모아보자. 다양한 콘텐츠들 속에 나오는 영어 문장을 5문장씩만 골라서 외워보자. 처음부터 완벽하게 커버하려 하면 힘들다. 단순한 문장이어도 괜찮다. 오늘 공부한 내용 중 딱 5줄만 외워보는 것으로 스타트를 끊어보자. 팝송의 경우는 후렴구를 추천한다. 영화나 미드 콘텐츠의 경우 재미있게 본 부분이나 중요한 표현이 들어있는 부분을 선택한다. 원서 읽기를 했다면 책 속의 인상 깊은 구절을 선택해도 좋다.

예를 들어 오늘 팝송 중 에드 시런(Ed Sheeren)의 '내 생각을 크게 말해요.'(Thinking out loud)을 들었다면 기억에 남는 부분을 노트에 써 본다.

And darling I will be loving you till we're 70

자기야, 나는 당신을 70살까지 사랑할 거야

And baby my heart could still fall as hard at 23

나의 사랑은 23살 때처럼 빠져들 거야.

And I'm thinking about how people fall in love in mysterious ways

나는 사람들이 사랑에 빠지는 미스테리에 대해 생각해봤어.

Maybe just the touch of a hand

어쩌면 손길 한 번이면 될지도 몰라

Oh me I fall in love with you every single day

오! 나는 매일 당신에게 사랑에 빠져요.

어떤가, 간단하지 않은가? 쓰다 보면 머릿속에 좀 더 기억되기 쉽다. 여러 번 쓰고 읽어봐도 좋고, 한 번 쓴 내용을 보고 계속해서 읽어도 좋다. 자신에게 맞는 방법을 찾아 최소한 30번은 읽어보자. 짧은 문장들이라 그리 오랜 시간이 걸리지 않을 것이다. 큰 소리로 읽다보면 어느새 익숙하게 느껴지고 자연스럽게 외워지게 된다. 후렴구만 잘 알아도 노래를 흥얼거리는 것이 가능하다.

'위 베어 베어스'를 쉐도잉을 연습했다면 해당 에피소드에서 5문장씩 골라서 써보자.

다음은 시즌1의 에피소드7에 나오는 문장들이다.

Grizzly   Panda, I'm shocked. (판다야, 난 충격적이구나.)

Panda   You're shocked?

I'm the one who should be shocked!

(너가 충격이라고? 충격 받아야 할 사람은 바로 나야!)

You never want to go out with us anymore.

(이제 너는 더 이상 우리랑 외출하려 하지도 않잖아.)

You're never two feet away from that burrito!

It's creepy, man!

(넌 그 부리토와 떨어질 생각을 하지 않잖아! 소름끼친다구!)

Ice Bear   Ice Bear is forced to agree. (아이스 베어는 동의할 수밖에 없다.)

위의 문장들 속에 중요한 표현과 문법들이 들어있다. 그러한 구체적인 사항은 알지 못하더라도 자꾸만 읽고 외우다 보면 자연스럽게 눈에 들어온다. 정확하게 배우지 않아도 자연스럽게 터득이 되는 경우도 있다.

예를 들어 위의 문장들 중 그리즐리(Grizzly)가 충격적인 감정을 느낀 것임으로 현재분사 shocking이 아닌 과거분사인 shocked를 사용했다. 동사 want는 목적어로 to부정사만 취할 수 있기 때문에 want to go라는 표현을 썼다. 이러한 것을 문법책으로만 접했다면 어렵게 느껴지고 기억에 잘 남지 않을 수 있다. 하지만 실제 문장 속에서 접하거나 체득을 하면 기억하기가 한층 쉽다. 이런 이유로 문장들을 접하고 반복해야 한다. 한글 뜻이 파악이 안 되거나 어렵게 느껴진다면 영어 대사만이라도 써보자.

이러한 문장이 길고 암기하기 힘들다면 간단한 회화 표현을 암기하는 것을 추천하고 싶다. 나의 경우 앱에서 봤던 유용한 회화 표현들 5문장씩 노트에 써서 외웠다. 몇 가지를 소개하고자 한다.

1. I'm cheap. 저는 짠돌이에요

2. Don't be stingy. 너무 인색하게 굴지마세요

3. We have to live on a strict budget. 빠듯한 생활비로 살아야 해.

4. She's saving up for it. 그녀는 그것을 사려고 돈을 모으고 있어요.

5. I'm a penny pincher. 저는 구두쇠예요.

위의 문장들은 케이크(Cake)라는 앱에서 공부했던 내용이다. 짠돌이, 구두쇠에 대한 표현들을 모아 보았다. 짧은 문장이라 이 5개의 문장을 쓰는 것은 전혀 부담이 되지 않을 것이다. 다음은 성격에 대한 문장들이다.

1. She was such a nice woman. 그녀는 정말 좋은 분이었어요.

2. You're so sweet. 당신 정말 자상하네요.

3. He just is a really good-natured guy. 그는 심성이 좋은 사람이에요.

4. He's so amiable. 그는 정말 상냥해요.

5. I want to tell you about the most kind-hearted person I know.
제가 아는 사람 중 가장 친절한 사람에 대해 말하고 싶어요.

이처럼 앱에서 살펴본 간단한 문장 다섯 개를 정리하여 암기하는 것은 그리 어려운 일이 아니다. 짧고 부담 없는 문장이어야 계속하고 싶은 마음이 생길 수 있다. 그리고 짧은 문장들이지만 실생활에 많이 쓰이는 중요한 표현들이다. 이렇게 쓰다보면 각 상황별 유용한 표현들이 쌓여갈 수 있다. 다음 날 새로운 내용의 문장을 찾지 못했다면 지난번 썼던 표현 중 복습하고 싶은 내용을 써보고 다시 암기하면 된다. 이런 과정을 통해 단어가 자연스럽게 외워질 수밖에 없다. 핵심 패턴을 암기해 버리면 머릿속 생각을 말로 내뱉는 것이 가능하게 될 수도 있다.

비록 지금의 노력이 아주 작고 미비하게 보일지라도 이러한 노력들이 쌓이면 결실을 맺는날이 올 것이다. 지금 당장 당신의 눈에는 짧은 문장 5줄이 별것 아닌 것 같아 보일지도 모른다. '이 다섯 문장이 영어 잘하는데 무슨 도움이 될까?' '이 정도는 누구나 다 할만한 별것도 아닌 거 아닌가?'라는 의심스러운 마음으로 며칠해보다 그만둘지라도 당신의 5개의 문장 공부가 습관으로 자리 잡게 되면 이야기가 달라진다. 하루 5문장이면 한 달에 150문장이다. 6개월이면 900문장이 된다. 중요한 문장들을 골라서 쓰고, 말하고, 외우다보면 어느 순간 문장 구조가 보일 수 있다. 우리의 목표는 계속 시도해보는 것에 있다는 것을 잊지 말자. 이 공부가 힘들도 지루하게 느껴지지 않도록 작은 분량이라도 흥미를 가지고 실천 가능하게 하는 것이 중요하다.

집요함으로
딱 3개월만 버텨라

〜〜〜

"If you can't fly, then run, if you can't run then walk
if you can't walk then crawl, but whatever you do you have to keep moving forward."
_Martin Luther King, Jr.

"만일 당신이 날 수 없다면 뛰세요. 만일 당신이 뛸 수 없다면 걸으세요.
만일 당신이 걸을 수 없다면 기어가세요.
하지만 당신이 무엇을 하든지 간에 계속해서 앞으로 나아가세요."
_마틴 루터 킹 주니어

'21/90의 법칙'이 있다. 어떠한 좋은 습관을 만들거나 나쁜 습관을 버리기 위해서 최소 21일의 시간이 걸린다고 한다. 그 습관을 90일간 지속적으로 반복하면 그때 비로소 삶의 변화가 일어난다고 한다. 꾸준하게 해야 습관으로 자리 잡을 수 있다는 것이다.

미국의 유명한 의사 맥스웰 몰츠(Maxwell Maltz)는《성공의 법칙》에서 다음을 강조했다. '무엇이든 21일간 계속하면 습관이 된다. 21일은 우리의 뇌가 새로운 행동에 익숙해지는 데 걸리는 최소한의 시간이다.'라 말하며 꾸준함의 중요성을 언급했다. 성형외과 의사이자 다양한 심리학에 정통한 그는 코수술 등 성형수술을 한 뒤 자신의 새 얼굴에 익숙해지는데 21일이 걸린다는 것을 알아냈다. 예전의 기억을 없애고 새로운 상황을 기억하게 하는데 최소 21일이 걸린다는 것이다.

21일은 3주일의 시간이다. 내 인생에 변화를 만들고 싶다면, 지금의 상황에서 벗어나고 싶다면 새로운 습관을 설정하여 적어도 3주간은 노력해야 한다. 내 삶을 좀 더 풍요롭고 알차게 바꾸고 싶다면 앞으로 남은 인생의 흐름을 아예 새롭게 만들어 보고 싶다면 그 21일, 3주라는 시간이 결코 긴 시간은 아니라는 생각에 동의할 것이다. 만약 지금 나이가 20대 혹은 30대라면 앞으로 최소 지금까지 살아온 날들보다는 살아갈 날들이 더 많지 않은가? 앞으로 다가올 30년, 40년 이상의 삶을 위해 고작 3주일을 투자 못 하겠는가? 우선은 21일간 최선을 다해보자. 21일만에 새로운 습관을 완전히 형성한다면 얼마나 좋은 일이겠는가. 하지만 21일은 최소한의 시간일 뿐이고 내 삶에 변화를 주기 위해서는 90일 즉 3개월의 시간이 필요하다.

영국 대학의 건강 심리학 연구원인 필리파 랠리(Phillippa Lally)는 학술지 '유럽사회심리학 저널'(European Journal of Social Psychology)에 실린 연구에서 놀라운 결과를 발표했다. 그는 그의 팀과 함께 96명의 사람들을 대상으로 12주에 걸쳐 그들의 습관에 대해 실험했다. 습관은 '밥 먹는 동안 물 한 병을 마시기'처럼 비교적 쉬운 것도 있었고 '저녁 먹기 전 15분간 달리기'와 같이 어려운 것도 있었다. 12주 이후 이러한 습관이 얼마나 무의식적으로 진행되는지 알아보는 실험이었다. 결과는 평균적으로 2달 이상의 기간이 걸렸고 정확히 66일이 소요되었다. 즉 나쁜 습관을 버리고 새로운 습관을 형성하려면 최소한 21일이 걸린다. 그리고 형성된 습관이 완전한 내 것이 되려면 3개월이 걸린다는 이야기이다. 실험에서 입증한 대로 3개월간은 지속적으로 노력해야 습관이 된다는 것이다.

하나의 새로운 습관을 연속하여 3주간 지속하는 것이란 말처럼 쉬운 일이 아니다. 힘든 이유는 지속적으로 3주를 해야 한다는 것에 있다. 하루도 거르지 않고 3주일간 반복한다는 것이 쉽지 않다. 결연한 의지를 다져 시작하지만 생각지도 못한 변수로 인해 지속할 수 없게 된다. 하지만 이러한 상황이 생기더라도 '그럼에도 불구하고' 의지를 가지고 독하게 노력해보자. 마음먹는다고 당장 습관이 생기진 않는다. 몇 번의 시행착오를 거쳐 작심삼일을 반복하고 꾸준히 3주를 버텨내고, 3개월간 꾸준히 밀고 나가길 반복하다보면 습관이 된다.

우리는 여자로 살아가며 인생에서 두 가지 큰 관문을 거쳤다. 하나는 결혼이라는 관문이었고 또 하나는 출산이라는 관문이다. 뱃속에 생명을 품는 위대한 경험을 했고, 그렇게 10달간의 시간을 버텨내고 새로운 생명을 세상에 탄생시켰다. 이제 그 아이를 잘 키워보고 싶고 '나'라는 자아를 찾아 좀 더 성숙한 인격체로 자립하고 싶어졌다. 그러한 경로에 '영어 공부'를 놓고 열심히 노력하기로 결심했다. 앞으로 성장할 내 아이를 위해 새로운 내 삶을 위해 3개월을 버티는 것이 그리 힘든 일은 아니라고 생각한다. 나에게 다가올 새로운 인생에서 좀 더 단단한 사람이 되어 내 아이를 잘 키우기 위해서라면 이 정도는 잘 해낼 수 있을 것이다.

이 책에서 영어 공부를 위한 많은 방법들을 소개하고자 한다. 수준에 맞게 선택하여 공부해보면 되는데 사람마다 자신에게 맞는 방법은 다양하다. 주변의 경우 어떤 사람에게는 영어신문 읽기가 도움이 되기도 하고, 어떤 사람은 팟캐스트로 쉐도잉을 하는 것이, 또 다른 사람은 애니메이션이 효과적이기도 하다. 이렇듯 본인에게 맞는 방법을 직접 찾아야 하고 거기에 맞는 학습 콘텐츠도 본인이 찾아야 한다. 그러한 과정까지 가기에 시간이 걸릴 것이고 중간에 포기하고 싶어질 수 있다. 다양한 공부법을 통해 자신에게 맞는 방법을 찾고 편하게 공부할 도구를 발견했다면 지금부터 꾸준히 해보는 게 중요하다. 본인에게 맞는 방법이니 꾸준히 하기가 쉽다. 정말 힘든 일이 있거나 공부할 여유가 없다고 느껴지면 다른 학습 콘텐츠를 활용하는 것도 방법이다. 예를 들어 매일 팟캐스트로 쉐도잉하며 중요한 표현과 단어를 노트에 정리하는 당신이라면 너무 힘든 날에는 팝송 가사를 찾아보거나, 앱으로 영어 표현만이라도 보도록 하자. 평소 궁금했던 팝송의 가사를 찾아보고 해석해 보는 것은 그리 힘들지 않을 것이다. 해석까지 힘들다면 가사가 번역된 자료를 찾아봐도 좋다. 간단히 인터넷 검색창에 가사를 찾아보거나 유튜브에 해당 노래 제목에 'lyric'(가사)을 붙여 검색하면 쉽게 찾을 수 있다. 예를 들어 유튜브 검색창에 'lauv modern loneliness lyrics' 이라고 검색하면 뮤직 비디오에 영어 자막과 한글 자막을 입혀놓은 영상을 찾을 수 있다. 이러한 영상을 보며 팝송 한 곡 듣는 것도 공부가 된다.

중간에 사정이 생겨 도저히 공부를 할 수 없다면 그날은 간단한 공부라도 실행해보도록 하자. 출퇴근길에 팟캐스트를 듣는다든가, 팝송 가사를 보는 것도 공부가 된다. 하루라도 거르지 않고 꾸준히 이어나가는데 의미를 두는 것이다. 그렇게 딱 3개월만 버텨보자. 그러면 어느새 그 습관이 자연스레 생활에 베이게 될 것이다. 무의식적인 습관으로 받아 들여 진다면 그 이후에는 힘들지 않게 실행할 수 있게 된다. 나의 삶에 새로운 변화를 가져다 주기 위해 3개월간 집요하게 노력하여 공부를 지속하여 보자. 다가올 내 삶이 기대되지 않는가? 머릿속에 영어를 잘하는 내 모습을 상상하며 3개월만 노력해보자. 다른 사람이 아니라 당신이기에, 당신이라면 무조건 할 수 있다.

3장

하루 30분,
자투리
시간을
활용하라

집요함으로
딱 3개월만 버텨라

〰️

"When I thought I couldn't go on, I forced myself to keep going.
My success is based on persistence, not luck."
_ Estee Lauder

"저는 계속 할 수 없을 거란 생각이 들면 스스로를 계속해서 하도록 강요해요.
저의 성공은 운이 아니라 끈기 때문이에요."
_에스티 로더

뭐든지 처음 습관을 형성할 때가 힘든 법이다. 나쁜 습관을 고치고 싶어도 시작 단계에서 하루 이틀의 고비가 힘든 것이다. 실천하기 힘든 상황이 생기더라도 방법을 찾으면 가능하다. 엄마의 영어 공부의 핵심은 결코 무리하지 않게 계획을 짜는 것에 있기 때문에 더욱 할 수 있다. 나를 유혹하는 외부 상황에 굴복하지 않고 시간을 할애하자. 노력하면 실천이 가능하단 것을 알게 될 것이다. 그렇게 극복하고 나면 그 단계에는 당신의 삶에 변화가 찾아올 것이다.

이러한 원리는 책《아주 작은 습관의 힘》에서도 소개되어 있다. 이 책에선 절대로 두 번은 거르지 않는다는 원칙을 강조한다. 즉, 비록 한 번은 계획을 뛰어넘었을지라도 연속으로 두 번째까지 거르지는 않아야 한다는 것이다. 습관을 만드는 과정에서 두 번째 실수에서 많이들 무너진다고 한다. 한 번이 어렵지 두 번은 쉽다는 말도 있지 않은가? 이 점을 꼭 명심하길 바란다. 이렇듯 습관 형성을 위해선 꾸준함이 중요하다. 시작의 단계에서 무리한 목표를 설정하여 덤비지 말고 충분히 할 수 있을 만한 정도의 쉬운 습관을 꾸준하게 반복하는 것이 중요하다. 그것이 성공할 수 있는 지름길이다.

그럼 어떤 방법을 통해 새로운 습관을 꾸준하게 지속할 수 있을지 구체적인 방법을 소개 하고자 한다. 반복적인 습관을 만들기 위해 자신만의 루틴을 형성하는 것을 추천한다. 루틴이란 정해진 때에 규칙적인 일련의 절차를 반복하는 것을 의미한다. 올림픽 경기 전 운동선수들이 음악을 듣고 있는 모습을 본적이 있지 않은가? 그 이유는 그들 또한 루틴의 힘을 활용하고 있기 때문이다. 큰 대회를 앞두고 느껴질 중압감과 스트레스를 관리하기 위해서 음악을 활용한다. 평소 연습 때와 같은 음악을 플레이하여 듣고 평소와 같은 상황과 조건을 만들어 내며 마인드 컨트롤을 하는 것이다. 이렇게 그들은 루틴을 유지

해 최상의 컨디션으로 경기할 힘을 이끌어 낸다.

연구 결과에 따르면 규칙적인 루틴을 가지는 것이 다양한 이점을 준다고 한다. 장점들을 나열해보자면, 스트레스 수치에 도움이 되어 정신적 건강을 개선시켜주고, 불안감을 해소 시켜 준다. 또한 숙면을 취하게 해주고 건강에도 도움이 된다. 마지막으로 타인들에게 본보기가 되어 그들에게 루틴을 갖도록 할 동기부여에도 도움이 된다고 한다. 좋은 습관을 이어줄 뿐 아니라 이러한 좋은 영향력까지 루틴의 힘이다. 엄마의 영어 공부를 위한 루틴은 어떻게 형성하면 될까?

이른 기상을 마음먹은 당신이라면 새벽 5시에 기상 → 세수 및 양치 → 따뜻한 허브티 한 잔 마시기 → 5시 30분 영어 콘텐츠 하나 공부하기 → 6시 전화 영어 → 6시 30분 간단한 명상 혹은 편하게 휴식하기 → 7시 아이 돌보기 루틴을 추천해주고 싶다. 이른 새벽에 일어나 허브티를 마시고 그 다음 영어 콘텐츠를 보는 것이 루틴으로 각인될 수 있다. 이것이 자연스레 반복되어 습관이 된다면 허브티와 함께 영어 콘텐츠가 연결되어 공부 실행을 도와주는 것이다.

앞의 예시처럼 아침형 인간이 되어 미라클 모닝을 실천한다면 참 좋겠지만 굳이 그렇게 까지 하지 않아도 된다. 만약 당신이 밤에만 에너지가 넘치는 올빼미형이거나, 아침 일찍 일어나는 것이 부담이 된다면 간단한 실천으로 새로운 변화를 시도해보자. 아주 간단하다. 내일 아침 당장 눈 뜨면 허브티를 마셔보자. 만일 허브티가 마음에 들지 않거나 차를 좋아하지 않는다면 생수 한 잔도 괜찮다. 허브티를 마시고 나서 매일 일정한 시간 공부를 해보자. 짧은 문장을 여러 번 반복해서 따라 읽어보자. 신나는 팝송을 들으며 가사를 살펴보자. 어제 쉐도잉했던 문장 중 5문장을 써보자. 혹은 마음을 울리는 영어 명언을 필사해보자. 당신이 공부를 시도해보고 시간을 할애했다면 벌써 반은 성공한 것이다.

그렇게 3일간 실천해보자. 매일 아침 허브티나 물을 마시는 것으로 아침 루틴을 만드는 것이다. 3일의 실천을 3주 그리고 3개월 반복하다 보면 당신만의 아침 루틴이 습관으로 굳어지게 될 것이다. 나도 모르게 아침에 일어나 허브티를 찾게 될 것이고 영어 콘텐츠를 켜보게 될 것이다. 그렇게 3개월이 지나면 좋은 습관으로 굳어지면서 당신의 삶에 변화가 찾아오게 될 것이다.

빗방울이
바위를 뚫는다

~~~

"Your future is created by what you do today, not tomorrow."
_Anonymous

"당신의 미래는 내일이 아니라 오늘 하는 것에 의해 창조된다."
_작자미상

작은 습관이 모여 큰 변화를 만든다. 여기서 중요한 것은 너무 열심히 노력하지 말라는 것이다. 새로운 목표를 높게 설정하고 전력질주하다 보면 지치는 순간이 오게 되어 있다. 의욕이 앞서 이것저것 많이 시도해보고 싶고 현재 마음 상태로는 몇 시간이고 공부하는 게 가능하게 느껴질 수도 있다. 처음 일주일은 의욕에 충만해 열과 성을 다해 실행을 해볼지도 모른다. 하다가 그 다음 주 혹은 다음 달이 되면 지쳐버릴지 모른다. 그렇게 지쳐 버리게 되면 하루 이틀 공부를 빼

먹게 되고 다시 원점으로 돌아가게 된다. 처음부터 목표를 낮게 잡고 시간을 할애하여 공부하는 목표를 설정한다면 실행하는 것이 부담이 되지 않는다. 그래서 한 번에 많이 하려고 너무 애쓰지 말아야 한다. 꾸준하게 지속적으로 하는 것이 성공의 핵심이다.

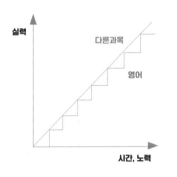

옆의 그래프를 본 적이 있는가? 언어 학습은 계단식 향상을 보인다고 말한다. 즉 한참 동안 변화가 없어보이다가 어느 지점에 오르면 실력이 수직상승 하게 된다. 그리고 또 다시 그 지점에서 정체된 듯한 시기가 오고, 특정 지점에서 수직상승 한다. 이러한 과정이 반복되면서 실력이 쌓여가는 것이다.

일부 인내심이 부족한 학부모들의 경우 몇 달간 아이가 열심히 공부해 시험을 쳤는데 결과가 좋지 않게 나오면 실망해 버린다. 학생이 열심히 공부하지 않았거나 공부 방법이 잘못된 경우도 있다. 보통은 아이가 수직상승 지점의 바로 그 직전까지 와 있는 경우가 많다. 눈앞의 결과만 보고 아이의 공부를 접는 안타까운 경우도 있다.

이런 케이스의 경우 학생 본인이 스스로 느낀다. 영어 실력이 조금씩 쌓여가는 것 같고 조금만 있으면 많은 것을 받아들일 것 같은 느낌이 온다. 그럴 때는 아이를 믿고 기다려 주는 것이 현명하다. 즉 영어 공부는 열심히 한다고, 선생님이 잘 가르친다고 즉각적으로 결과가 드러나는 게 아니다.

이러한 점은 학생들의 성적에만 해당하는 것이 아니다. 우리 엄마들의 영어 공부에도 똑같이 적용된다. 매일 꾸준히 노력해서 조금씩 공부를 하는데 별다른 진전이 느껴지지 않을 수 있다. 딱히 변화가 와 닿지 않으니 해봤자 소용없는 것 같고 역시나 나는 영어와 안 맞나 보다라는 생각까지 들지도 모른다. 바로 그때 절대 포기해서는 안 되는 시점이다. 지금 당신의 실력은 멈춰진 상태가 아니라 보이지 않게 수직상승을 향해 열심히 달려가는 중인 것이다. 당신이 멈추는 순간 더 이상의 진전은 없다.

5분 전화 영어가 별 의미 없는 것처럼 느껴질 수 있어도 6개월 그 이상 1년 꾸준히 하다보면 선생님의 말이 잘 들리고 이해가 쉬워 질 것이다. 그러면서 듣기, 말하기 실력이 향상되는 것을 체감하게 될 것이다. 짧은 시간을 할애해 공부를 하는 습관이 당신을 영어 실력자로 만들어 준다는 이야기이다.

내가 하는 공부가 별것 아닌 시시한 것이란 생각을 버리자. 이 책을 읽고 영어 공부를 결심을 한 것만으로도 당신은 대단한 사람이다. 아이 키우며, 집안일 하기도 바쁜데 시간을 쪼개어 책을 읽는 당신은 이미 변화의 준비가 된 사람이다. 그런 당신이 하는 공부는 결코 하찮은 공부가 아니다. 엄청난 삶의 전환점이 될 것이다. 당장 눈앞에 결과물이 보이지 않는다고 실망하지 말고 성공의 씨앗을 키워나가자.

흙 속에 파묻혀 있는 씨앗이 우리 눈에 보이지 않아도 애정을 갖고 꾸준히 물을 주고 가꾸면 신기하게도 싹이 나지 않는가? 엄마 영어도 마찬가지이다. 눈에 보이지 않고 표가 나지 않는 공부이다. 하지만 꿈을 잃지 않고 애정 어린 마음으로 하루하루 노력해보자. 열심히 노력하다 보면 생각지도 않은 순간에 영어 실력이 늘어나 눈에 보이게 될 것이다. 갑자기 미드 주인공들의 말이 잘 들린다던가, 어느 순간 발음이 좋아지는 등 반드시 체감하는 순간이 올 것이다. 그 순간에 만족하여 안주하지 말고 다음 향상의 지점까지 묵묵히 달려가야 한다. 그러다 보면 새싹이 점점 커져 큰 나무로 자라날 것이다.

하루 30분
골든타임을 만들어라.

〰️

"Determine never to be idle.
It is wonderful how much may be done if we are always doing"
_Tomas Jefferson

"게으르게 시간을 버리지 않겠다고 결심하세요.
우리가 항상 무언가를 한다면 놀라울 만큼 많은 것을 해낼 수 있어요."
_토마스 제퍼슨

아이를 키우는 엄마가 영어 공부를 한다고? 대부분 현실적으로 말이 안 된다고 생각할 것이다. 아이 돌보고, 집안일도 하기도 벅찬데 공부라니? 아무래도 육아에 지쳐 심적인 여유가 없기에 더욱 그렇게 느껴지는 것이 당연하다. 그런 모든 상황을 직접 겪었기에 자신 있게 말할 수 있다. 육아하며 영어 공부? 무조건 가능하다. 수험생처럼 몇 시간씩 책상에 앉아 공부할 필요도 없기에 더욱 할 수 있다. 그럼 어떻게 공부하면 되는 걸까? 우선 일상의 패턴을 분석해서 가장 할애하기 좋은 시간을 생각해보아야 한다.

집안에 영아가 있는 경우 아기의 잠 패턴에 따라 여유가 생긴다. 아기가 잠 잘 때의 시간을 활용 하는 게 좋다. 아이가 어린이집에 다니게 되면 시간 활용이 훨씬 쉬워진다. 또한 유치원이나 초등학교에 다니면 시간 활용이 용이하다. 중요한 포인트는 매일 비슷한 시간대를 만들어 그 시간을 활용해 나만의 루틴으로 만들어야 한다는 것이다. 같은 시간대에 반복적으로 실행하다 보면 습관적으로 공부하는 자신을 발견할 수 있다.

육아와 공부를 병행하려면 바쁜 시간을 쪼갤 수밖에 없다. 시간을 여러 번 나누어 효율적으로 공부하는 방법을 소개해보고자 한다. 우선 아이의 패턴과 상황을 분석해 본다. 할애할 수 있는 시간대를 찾았다면 하루 중 틈나는 시간을 10분씩 3번을 만들어보자. 아무리 바쁜 일상이라도 적극적으로 하고자 한다면 하루 24시간 중 30분의 시간은 충분히 할애할 수 있다. 30분을 통째로 내란 것이 아니라 조각조각의 시간을 모두 합쳐 30분의 시간을 만들라는 말이다. 10분의 짬도 나지 않는다면 5분씩 6번을 모아 30분을 만들어보자. 이러한 30분이 별것 아닌 시간같이 여겨질지도 모르지만, 하루 30분이 1

주일이면 210분이다. 한 달이 되면 840분이고, 6개월이 되면 5,040분이 된다. 누적의 힘은 무서운 법이다. 미래의 가치 있는 나를 위해 하루 30분씩 차곡차곡 적금한다고 생각하자. 적금 만기일이 되었을 때 당신의 시간은 엄청난 양이 되어있을 것이다. 그 시간은 당신에게 높아진 영어 실력으로 보답할 것이다.

엄마들을 위한 추천 골든타임 ★

첫 번째 골든타임은 아침 시간이다.

이 시간엔 10분 전화 영어 수강을 추천한다. 추천 시간대는 가장 이른 새벽이나 오전 시간이다. 나의 경우 아이를 어린이집에 등원시키고 난 바로 직후인 9시 20분부터 전화 영어, 전화 중국어를 연달아 수강했다. 보통은 주 2회 수업 이며 때로는 주 3회로 조정하여 지금도 꾸준히 수강 중이다. 오전 시간이 좋은 이유는 하루를 좀 더 알차게 시작할 수 있다는데 있다. 오전에 도저히 여유가 나지 않는다면 아이의 낮잠 시간 또는 아기가 잠든 밤 시간을 활용하는 방법도 있다. 아기와의 패턴을 잘 살펴 오전이 좋을지, 오후가 좋을지, 밤이 좋을지 개인적으로 판단하여 꾸준히 반복하는 것을 추천한다.

만일 아이가 어린이집 등원 전이며 아이의 생활 패턴이 일정하지 않다면 이런 경우 전화 영어 서비스 중 원하는 시간에 그때그때 신청하여 수강할 수 있는 곳이 있다. 아이가 잠들면 그 시간에 가능한 선생님을 검색해서 바로 학습할 수 있는 것이다. 이런 방법을 사용한다면 주 2회 혹은 주 3회 확실한 횟수를 정해두고 수강하면 된다. 아무래도 일정한 시간을 지정하지 않으면 강제성이 떨어져 자칫 흐지부지 될 가능성이 크기 때문이다.

이 공부의 핵심은 꾸준함이다. 시간이 짧기 때문에 자기 자신과의 약속을 굳게 하고 어떻게든 공부 시간을 사수해야 한다. 나의 경우 아기가 아파서 어린이집에 등원을 하지 못할 때가 있었다. 그때는 아기 옆에서 이어폰을 끼고 수업을 했다. 어차피 전화로 하는 수업이기에 가능했다. 앞에서 이야기 했듯이 아기를 데리고 병원에 가는 길에도 전화 영어는 포기하지 않았다. 한 번 취소하면 두 번 세 번 취소하게 되기에 반드시 시간을 엄수하겠다는 의지로 진지하게 참여할 것을 당부하고 싶다.

두 번째 골든타임은 집안일을 하는 시간이다.

집안일을 하는 시간을 공부에 활용할 수 있다고? 라고 반문할지도 모르겠지만 마음만 먹으면, 의지만 있다면, 집안일을 하는 시간 또한 공부하는 시간이 될 수 있다. 워킹 맘이든 전업 맘이든 모두가 집안일에 자유롭진 못하다. 영화 《82년생 김지영》 첫 장면처럼 청소기를 돌리고, 빨래를 널고, 아이들 장난감을 정리하는 게 매일의 일상이 아닌가. 나는 이 시간이 너무 아까웠다. 이런 반복되는 일상을 좀 더 활기차고 생산적으로 바꿔보고 싶었다. 준비물은 블루투스 이어폰이다. 이 작은 이어폰 하나가 당신을 좀 더 발전적인 사람으로 만들어 줄 것이다.

청소기를 돌릴 때 이어폰을 꽂고 팝송을 재생해보자. 멜로디가 마음에 든다면 가사에 관심을 가져보자. 그러한 관심이 공부의 첫걸음이다. 설거지를 할 때도 이어폰을 꽂고, 팝송을 틀어보자.

영어 공부도 재미가 있어야 꾸준히 할 수 있다. 딱딱한 영어 문법책만 보며 공부하려는 생각을 버리자. 엄마들은 특히 시간도 없고 강제성도 없기에 자칫 공부가 흐지부지 될 수 있기에 '재미'가 있어야 꾸준히 할 수 있다. 재미를 느끼는 방법 중 가장 간편한 방법이 팝송이다. 틈새 시간에 반복하여 팝송을 듣다보면 어느새 생활의 일부가 됨을 느낄 수 있을 것이다. 공부라고 생각하지 말고 팝송에 귀를 노출시켜 마음에 드는 멜로디를 찾는다라고 생각해보라. 훨씬 부담이 줄어 들 것이다. 초반에는 공부라는 생각보다 맞는 콘텐츠를 찾는다는 생각으로 틈새 시간을 활용해보자. 만일 좀 더 학구적인 시간으로 만들어 보고 싶다면 다음 장에서 소개할 영어 콘텐츠 중 하나를 재생해보자. 그리고 쉐도잉 연습도 추천한다. 집안일을 하면서 마치 배우가 된 듯 영화 속 대사를 읊고 있는 나를 만나게 될 것이다.

세 번째 골든타임은 아기가 잠든 밤 시간이다.

아기를 키우는 사람은 누구나 빠른 육아퇴근를 꿈꾼다. 아기가 곤히 잠든 밤이 어찌나 행복한지…. 그때의 해방감이란 이루 말할 수가 없다. 잠들기 전까지 아기와 함께 씨름하는 게 고되었다면 보상 심리로 야식도 먹고 싶고 맥주도 마시고 싶을 것이다. 그 시간이 오롯이 나만을 위한 시간이란 생각에 다른 일은 하고 싶지 않을 수도 있다. 나 또한 그랬다. 별달리 하는 것 없이 텔레비전만 쳐다보며 시간을 보냈다. 일찍 잠드는 것도 왠지 모르게 억울해 늦게 자기도 했다.

이제는 달라져야 한다. 육아퇴근 후의 시간은 가장 황금시간대이다. 엄마를 성장시켜줄 수 있는 최고의 골든타임이다. 이 시간을 잘 활용한다면 영어 원서 완독까지 가능하다. 하지만 지금 당장 너무 지쳐 그러한 거창한 목표를 세우기에는 힘들다면 육아퇴근 후 딱 10분만 할애하자. 아무리 피곤해도 아무리 바빠도 아이를 재운 뒤, 10분의 시간은 충분히 가능하지 않을까? 10분의 시간 동안 영어 공부 하나를 시도해보자. 어려운 내용이 아니어도 괜찮다. 뭐든지 해보는데 의의를 두자. 오전에 집안일 하며 들었던 팝송의 가사를 찾아보든지, 유튜브 콘텐츠에서 따라 읽어본 영상의 에피소드를 한 번 보자. 이렇게 10분을 할애하는 것에서부터 변화가 찾아온다. 처음부터 너무 노력하지 말고 천천히 장기적으로 바라보고 공부하자.

30분의 골든타임이 꼭 위와 같은 시간대가 아니라도 괜찮다. 아무리 바쁘고 하루가 힘들어도 적어도 하루 30분만은 시간을 내보자. 누구나 절실하게 마음을 낸다면 그 정도 시간 할애는 충분히 할 수 있다. 물론 더욱 노력해 시간을 조정해서 1시간, 2시간을 만들 수 있다면 더욱 좋다. 최대한 남는 시간을 활용하여 공부를 한다면 이러한 작은 시간들이 쌓이면서 축적이 된다. 꾸준히 하다보면 엄청난 시간이 된다는 이야기이다. 최소한 하루 30분의 골든타임을 사수하여 행복한 엄마의 자기계발 시간으로 만들어 보자. 나만을 위한 30분을 나 자신을 위해 투자해보자. 그 시간만은 내 아이의 엄마로서도 아니고, 어느 한 회사의 직원으로서도 아니다. 정말 오롯이 '나'를 위해 집중하는 시간으로 삼아보도록 해보자.

온라인 영어 콘텐츠를 활용하라

〜〜

"Sometimes later becomes never. Do it now"
_anonymous

"때로는 '나중에'라는 말이 '결코 못해'란 말로 바뀌기도 해요. 지금 바로 하세요."
작자미상

정보가 넘쳐나는 시대에 살고 있기에 영어 공부를 위한 콘텐츠는 다양하다. 인터넷을 조금만 검색해 보아도 좋은 내용들이 가득하다. 그런데 너무 많아서 어떤 것이 좋을지 찾아내기가 오히려 더 힘들다. 수년간의 경험을 통해 찾아낸 알짜 영어 콘텐츠들을 소개해볼까 한다. 여러 가지를 모두 시도해 보고 본인에게 맞는 방법을 찾아 볼 것을 추천한다.

하나, 앱을 활용 한다

1. 케이크(Cake) 앱

짧은 시간을 활용해 영어 공부하기에는 최고의 앱이 아닐까 싶다. 게다가 무료라는 장점까지 있다. 다양한 영상 속의 유용한 표현을 학습하기에 딱 좋다. 짧은 문장 위주라 영어 초보도 누구나 쉽게 할 수 있다. 실생활에서 많이 쓰이는 표현을 익히기에도 좋다.

이 앱을 통해 미드나 영화 속 중요한 장면을 반복하여 보며 공부할 수 있다. 내가 따로 설정하지 않아도 유용한 핵심 문장을 자동으로 반복해 준다. 기억해두고 싶은 문장은 저장이 가능하다. 저장해 두고 나중에 다시 복습하기에도 좋다. 정말 시간이 없는 당신이 라면, 케이크(Cake)에서 소개하는 오늘의 표현을 하루에 한 번만이라도 공부해 보는 것을 추천한다. 부담 없이 시작할 만한 최적의 코스이다.

2. 루덥(2dub) 앱

이 앱은 영화나 드라마의 대사를 더빙해보는 프로그램이다. 하루에 한 번 짧은 광고를 보면 더빙권을 받을 수 있다. 해당 영상을 한 문장씩 대사를 녹음해보고 들어보자. 전체 영상을 더빙하는 것은 하루 한 번이고 유료 결제를 하면 더 많이 이용 가능하다. 영상의 일부에만 참여하는 것은 언제나 이용 가능하다. 초급부터 고급까지 이용 가능한 다양한 영상이 있다. 특히 초보자들이 흥미를 붙이기에 좋을 앱이다. 내 목소리가 더빙되어 나온다니! 신기하고 재미있지 않은가? 한 번 시도해볼 것을 추천한다.

3. 스픽(Speak) 앱

말하기를 위한 전용 앱이다. 매일 하나씩 강의 영상이 있고 영상을 본 뒤, 한 문장씩 말하기 연습을 하도록 되어있다. 같은 문장을 다양하게 써볼 수 있게 구성되어 있다. 일상에서 흔히 일어나는 상황에 대해서 어떻게 문장을 활용해야 할지 학습할 수 있다. 외국인이 직접 질문을 하면 그에 대한 답변을 학습한 표현으로 대답하는 연습을 할 수 있다. 여기 시스템을 말하는 연습을 할 수밖에 없는 앱이다. 다양한 레벨로 구성되어 있어 연간 회원권을 끊어 이용하면 유용하게 활용이 가능하다.

둘, 똑똑하게 유튜브 활용하기

유튜브에 대한 설명은 할 필요가 없을 만큼 누구나 쉽게 접할 수 있는 도구이다. 하지만 좀 더 똑똑하게 활용하는 방법을 소개하고자 한다. 이제 가십거리나, 도움이 되지 않는 채널은 멀리하고 영어 학습을 위한 도구로 사용해보자. 곧 당신의 영어 실력이 일취월장 할 것이다.

1. 크롬 브라우저를 활용하여 유튜브 쉐도잉 연습하기

유튜브로 영어 공부하기에 정말 좋은 방법이 있다. 인터넷 크롬 브라우저에서만 사용이 가능한 방법이다. 우선 https://www.google.com/chrome으로 접속하여 크롬을 설치한다.

확장 프로그램 웹 스토어에서 'Language Learning with Youtube'를 검색하여 설치한다.

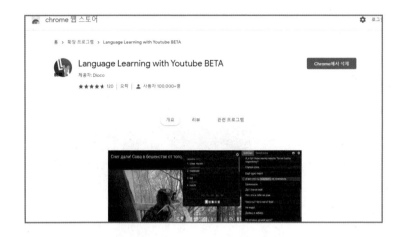

크롬과 LLY를 설치했다면 그다음 네이버 사전을 설치한다. 여러 가지 사전 앱들이 있지만 써본 결과 네이버 사전이 가장 편리하게 영어 학습이 가능하다. 꼭 네이버사전이 아니더라도 본인에게 맞는 사전 앱을 활용하면 된다.

이제 반드시 크롬 브라우저에서 유튜브에 접속한다. 검색창에 한글로 [엄마의 자기계발]을 쳐보도록 하자.

그런 다음 번역 버튼을 눌러보면 자동으로 영어로 번역이 되어 나온다. 사진에 체크된 버튼을 누르면 '엄마의 자기계발'이라고 썼던 내용이 'Mother's self-development' 으로 알아서 바뀐다.

한 번씩 어색한 번역이 나올 때도 있지만 대체로 편리하게 이용했던 기능이다. 검색되어 나온 영상들 중 마음에 드는 영상을 클릭하자. 영상을 켠 뒤, 잊지 않고 다음 사진처럼 LLY켜기를 활성화 하여 사용해야한다.

LLY로 영상을 재생해 보면 오른편에 영어-한글 자막이 나오는 것을 확인할 수 있다. 자막에 커서를 대면 동의어공부도 가능하다. 더블클릭을 하여 단어 뜻도 알아볼 수 있다.

이제 본격적으로 여러 가지 단축키의 기능을 사용하여 학습을 해보면 된다.

단축키 활용을 통해 구간반복(S), 앞 문장 이동(A), 뒷 문장이동 (D)을 할 수 있다. 듣다가 학습하고 싶은 문장이 나오면 키보드 S를 누르면 그 문장이 반복하여 재생된다. 앞 문장 듣기를 놓쳤다면 A를 누르

면 자동으로 앞 문장이 재생되어 나온다. 반대로 뒷 문장을 학습하고 싶다면 D를 누르면 되는 것이다. 계속해서 같은 부분을 반복해 말하고 싶다면 S를 계속 누르면 된다. 모든 문장을 쉐도잉 하길 원한다면 단축키 Q버튼을 활용해보자. 이 버튼을 누르면 한 문장이 끝나면 단축키를 누르지 않아도 자동으로 정지하여준다. 쉐도잉 하기에 편리하다. 이어서 청취하고 싶다면 스페이스바를 누르면 다시 재생이 된다. 동일하게 한 문장이 끝나면 멈추고 쉐도잉 연습을 한 뒤, 스페이스바를 눌러 학습을 이어나가면 된다. 놀라운 사실은 이 프로그램이 무료라는 것이다. 조금만 부지런히 노력한다면 유튜브를 똑똑하게 활용하여 공부할 수 있다. LLY를 활용해 쉐도잉 연습을 하는 것을 추천한다.

유튜브에 대해서는 누구나 알고 있겠지만 관심가는 주제를 검색하면 무궁무진한 자료들이 쏟아진다. 처음에는 보물과 같은 정보들이 너무 많아 어디부터 시작해야할지 감이 잡히지 않았다. 차근차근 공부하다 보니 자연스레 방향이 잡혔고 편안하게 받아들여지게 되었다. 외국의 육아 콘텐츠를 보며 해외 엄마들의 육아를 보았다. 뷰티 정보를 영어로 보며 꿀팁도 배울 수 있었다.

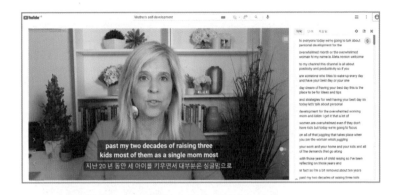

past my two decades of raising three
kids most of them as a single mom most
지난 20년 동안 세 아이를 키우면서 대부분은 싱글맘으로

name is Joe she became pregnant when
she was 16 and she was kicked out of the
이름은 조입니다 그녀는 16살 때 임신했고

Dear Overwhelmed Moms, Self-Care Isn't Selfish | Liz Carlile | TEDxColoradoSprings

to repair my skin so I really love this light plankton elixir serum and then for
피부를 복구하기 위해이 라이트 플랑크톤 엘릭서 세럼을 정말 좋아하고

LLY를 통해 공부하면서 산후우울증에 대한 테드(ted)강의를 들으며 감동도 받았다. 아기의 개월 수에 맞는 발달 과정에 대한 영상도 보며 팁도 얻었다. 물론 외국 아이들의 발달과는 다르겠지만 이유식에 대한 정보나 발달 과정에 맞는 놀이에 대한 정보는 도움이 많이 되었다. 다소 말이 빨라 팟캐스트와 같은 학습용 자료보다 쉐도잉하기에 힘이 들었지만, 너무 숨이 차면 쉬어가는 식으로 최대한 속도에 맞추려 노력했다. 어느 순간 그들의 속도에 맞춰진다는 느낌이 들었다. 원하는 정보도 얻고 영어 공부도 하고 너무나 좋은 공부 방법이라 생각한다.

<추천 유튜브 채널>

양킹(YangKING)

테드(Ted)

스펜서의 미국생활 (English with Spencer)

바네사와 함께 영어 말하기 (Speak English with Vanessa)

루시와 함께하는 영어 (English with Lucy)

올리버쌤

2. 유글리시(Youglish)

학습 하고 싶은 문장을 좀 더 공부하고 싶다면 '유글리시'(youglish)라는 웹사이트를 추천한다. https://youglish.com/ 주소이다. 검색창에 학습하고자 하는 문장을 넣고 엔터만 누르면 그 문장이 포함된 유튜브 영상을 자막과 함께 볼 수 있다. 구간 반복 기능을 활용해서 반복해 들으며 발음 연습을 할 수 있다. 같은 문장이 포함된 다른 영상들 또한 확인할 수 있다. 내가 학습한 문장이 원어민의 실제 회화에서 어떤 뉘앙스로 표현되는지 알아보기에 참 좋다. 영국식 발음, 호주식 발음도 설정하여 찾아 볼 수 있다.

'Good riddance!'(속시원 하네!)라는 표현을 배웠으면 유글리시(youglish)에서 찾아본다.

검색한 문장이 바로 나온다. 사진에서 처럼 화살표를 눌러 다른 영상을 확인할 수 있고 영상 속도도 조절이 가능하다.

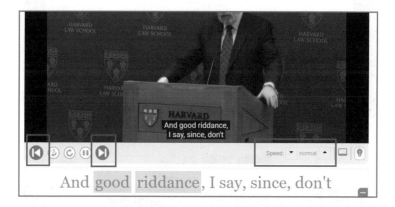

유글리쉬의 핵심은 다음과 같이 여러 가지 다른 영상 속 문장의 쓰임을 확인 가능하다는 점이다. 같은 문장이 어떻게 표현되는지 확인하는 재미가 쏠쏠하다.

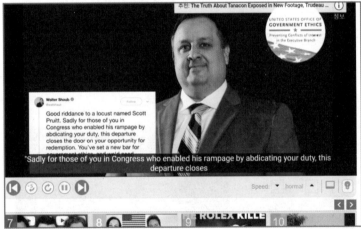

  원어민들이 실제로 사용하는 영상을 찾아 보며 실용적인 학습이

가능하다.

셋, 넷플릭스에 접속한다

넷플릭스는 tv나 컴퓨터 및 핸드폰으로 접속이 가능한 온라인 동영상 스트리밍 서비스를 제공한다. 다양한 국적의 드라마, 영화, TV 프로그램 시청이 가능하다. 넷플릭스로 영어 공부를 하려면 우선 어떤 미드가 나에게 맞는지 알아보는 작업도 중요하다. 나에게 맞는 콘텐츠여야 재미있고 꾸준하게 학습이 가능하기 때문이다. 우선은 넷플릭스에서 추천 미드로 소개되어 있는 영상들을 틀어본다. 추천 콘텐츠이더라도 모든 사람에게 흥미로울 수는 없는 법이다. 아무리 인기가 많은 미드라도 나랑 맞지 않으면 효율이 오르지 않는다. 시리즈물의 경우 1~2회까지 시청하고 몰입도가 높고 재미가 있는 미드를 선정해 본다.

넷플릭스를 활용하여 공부하는 방법으로 유튜브와 같은 방식으로 크롬 브라우저에서 'Language Learning with Netflix (LLN)'을 활용하는 것을 추천한다. 정말 이것만은 꼭 실천 해보기를 바란다. 구체적인 공부 방법에 대해서는 뒤에 나오는 4장에서 소개할 예정이니 참조하길 바란다.

넷, 팟캐스트 활용하기

팟캐스트란 애플의 MP3 플레이어인 '아이팟'(iPod)과 '방송'(Broadcast)
이 결합해 만들어진 용어다. 방송 진행자는 라디오 방송을 MP3 파
일로 녹음해 올리고, 시청자는 인터넷에서 개인 오디오 플레이어로
내려 받는 방식으로 운영된다. (출처: 네이버 지식백과)

활용 방법은 간단하다. 휴대폰 어플'Google Podcasts'를 다운로
드 해보자. 여기서 마음에 드는 채널을 찾아 청취하면 된다. 영어 학
습을 위한 채널도 많기에 좋은 발음과 내용으로 녹음된 자료가 정말
많다. 본인의 수준과 학습 목표에 맞추어 활용해보자. 다소 느리겠지
만 모든 내용을 정확하게 파악하고 싶으면 그에 맞는 채널을 찾아야
한다.

다섯, 크롬 브라우저를 이용하여 똑똑하게 리딩 연습하기

어느 정도 기본적인 영어 실력이 있는 경우 크롬 브라우저를 활용하
여 영어신문이나 논문 읽기를 추천한다. 컴퓨터에 크롬 브라우저만
깔려 있다면 누구나 이용 가능하다. 추천하는 확장 프로그램으로
'Weava Highlighter'를 설치한다.

확장 프로그램

Weava 형광펜 - PDF 및 웹사이트

제공업체: weavatools.com

웹 사이트 및 PDF를 위한 최고의 하이라이팅 도구. 무료

★ ★ ★ ★ ☆ 1,733 생산성

GameStop is taking the <u>stock market by storm</u>.

This is so over my head.

We're here to help. First, a brief ⬤⬤⬤⬤⬤ favorite video game
<u>retailer</u> <u>went public in 2002</u>. But My Research Fo... ▾ ⚙ ortar shop in a digital
world isn't easy, and GameStop had been struggling for quite some time. To
make matters worse, t struggling [stráɡlɪŋ] ◀))
staple to announce hu 형용사   fell
1. 발버둥이 치는; 기를 쓰는, 분투하는
to under $5. And certain investors, hoping to see GameStop's stock
continue to decline, began short selling aka betting against it. But suddenly,
as if by magic, GameStop's stock soared nearly 1,800% this month, and its

---

이 프로그램을 사용하면 뉴스 기사를 읽으며 중요한 부분이나 공
부하고 싶은 단어에 더블 클릭하여 형광펜 효과를 줄 수 있다. 하이
라이트 해둔 부분은 색깔별로 모아 정리되어 확인이 가능하다. 전체
기사를 굳이 다시 읽지 않아도 효율적으로 공부한 내용을 복습할 수
있다. 그리고 사전은 네이버 사전을 추천한다. 단어를 더블클릭하면
해당 단어의 뜻과 예문을 바로 확인할 수 있고 발음도 들어볼 수 있

다. 불편하게 일일이 단어를 검색하며 뜻을 확인할 필요가 없어 굉장히 편리하다.

해당 기능을 활용하여 공부하기 좋은 사이트를 소개한다. 무료 영어 학습 사이트로 유명한 브레이킹 뉴스 사이트이다. https://breakingnewsenglish.com이다.

대학생 때 이 사이트의 자료로 영어 회화 스터디를 했는데 여전히 유용한 콘텐츠가 다양하다. 최근 이슈가 되는 주제부터 흥미로운 내용의 아티클(글이나 기사)들이 많다. 카테고리 별로 분류가 되어 있어 관심 가는 주제를 선택하여 학습하면 된다. 크롬으로 접속하여 하이라이트 기능과 사전기능을 모두 활용하여 보자. 모르는 단어를 더블클릭하면 단어의 뜻이 나오고 발음을 들어 볼 수 있다. 기억하고 싶거나 추가 학습을 원하는 문장을 드래그 하여 형광펜효과를 주고 싶은 색을 선택하여 줄을 그어본다. 문장들은 자동으로 앱에 저장이 된다.

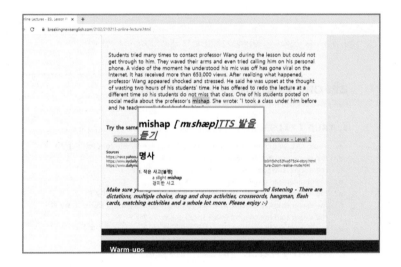

기사를 읽고 난 뒤 아래쪽을 보면 단어 정리를 위한 시트가 있다.

VOCABULARY MATCHING

Paragraph 1

1.	psychedelic	a.	Being able to be filled with air.
2.	audience	b.	Something with rotating blades that makes the air cooler.
3.	inflatable	c.	About a style of rock music from the mid 1960s, that is experimental.
4.	native	d.	All of the people at a public event, such as a play, movie, concert, or meeting.
5.	member	e.	About the country, region or city you were born in.
6.	fan	f.	One person in a group.
7.	pee	g.	Go to the toilet; urinate.

그리고 내용 확인을 위한 간단한 문제도 풀어볼 수 있다.

BEFORE READING / LISTENING

From https://breakingnewsenglish.com/2101/210128-space-bubble-concert.html

1. TRUE / FALSE: Read the headline. Guess if a-h below are true (T) or false (F).

a. A solo rock singer performed the world's first space bubble concert.   **T / F**
b. The singer was not in a space bubble.   **T / F**
c. There were 100 space bubbles at the concert.   **T / F**
d. Each bubble had a towel and a fan.   **T / F**
e. The idea for the concert came from an expert in diseases.   **T / F**
f. The singer said the concert was safer than going to a grocery store.   **T / F**
g. The singer said the concert was a wired event.   **T / F**
h. The singer said the concert was kind of like the 'new normal'.   **T / F**

2. SYNONYM MATCH: (The words in bold are from the news article.)

1.	**band**	a.	going to
2.	**audience**	b.	take place
3.	**giant**	c.	concert
4.	**go ahead**	d.	concept
5.	**pee**	e.	crowd

MULTIPLE CHOICE - QUIZ

From https://breakingnewsenglish.com/2101/210128-space-bubble-concert.html

1) What kind of music does the band play?
a) heavy metal
b) country
c) psychedelic rock
d) hip-hop

2) What are the space bubbles called?
a) Zorb balls
b) Bubblets
c) Spacelets
d) Jab balls

3) How many of the bubbles were at

6) Who came up with the idea for the space bubbles?
a) the bass player
b) the lead singer
c) the guitarist
d) the drummer

7) What did the lead singer roll over in his space bubble?
a) his song list
b) his guitars
c) Beethoven
d) the crowd

8) What did the lead singer say the

pdf 파일로 다운로드가 가능해 출력하여 공부해도 좋다.

Level 3 – 28th January, 2021

Fans get inside space bubbles for rock concert

FREE online quizzes, mp3 listening and more for this lesson here:

https://breakingnewsenglish.com/2101/210128-space-bubble-concert.html

Contents

영어신문 읽기 또한 추천한다. 'Google news'를 검색하여 언어를 영어로 설정하면 해당 기사들을 찾아 볼 수 있다. 그런데 막상 영어 신문을 읽으려고 해도 내용이 너무 광범위하고 길이가 길어 선뜻 읽기가 힘들 수 있다. 전체 기사를 다 읽고 싶더라도 관심 가는 내용을 찾는 데에도 시간이 걸린다. 영어가 어느 정도 수준급이 아닌 이상 내용이 긴 기사는 꾸준히 읽는 것은 힘들다. 즉 결코 쉽지 않은 공부 방법인 것이다. 그래서 영어신문을 읽을 때 추천하는 방법이 있다. 'the Skimm'이란 사이트를 활용하는 것이다. skim이라는 단어는 '훑어보다'라는 뜻이다. 이 사이트 역시 이름에 맞는 서비스를 제공한다. 현재 이슈가 되고 있는 다양한 뉴스 중 중요한 핵심들을 간단하게 추려 매일 개인 메일로 발송하여 준다. 굳이 다양한 기사를 일일이 읽지 않아도 핵심 요약 기사를 받아볼 수 있는 것이다. 영어 학습을 하기에 무지 좋은 서비스이다. 심지어 무료이다! 구독 방법은 아주 간단하다. https://www.theskimm.com/에 접속하여 메일 주소만 입력하면 끝이다. 그럼 하루에 한 번 개인 메일로 따끈따끈한 뉴스를 간략하게 간추려 발송해 준다.

그 중 마음에 드는 기사를 읽어보면 된다. 이때도 크롬 브라우저를 활용하는 것을 잊지 말자. 더블클릭으로 어려운 단어를 바로 체크하며 기억해둘 문장이나 단어는 형광펜으로 표시해 따로 저장해 보자.

summers, it wasn't ready for the surge in demand amid freezing temperatures. Now, Texas Gov. Greg Abbott (R) has called for reform of the power grid, saying it's "been anything but reliable." More frigid temps and snow are in the forecast in the coming days. Authorities are urging families to stay safe, and warning people about the dangers of <u>carbon monoxide poisoning</u> after the deaths of two residents who used their car to stay warm.

- It's not just cars: In major power outages, some may be using generators.

  outage [ˈaʊtɪdʒ]
  명사
  1. 정전; (수돗물의) 단수
  a power outage
  정전

  house or ga[r...] And that all generator[...] ur house, doors, and windows.

- <u>Coming to a halt</u>: Some COVID-19 vaccine appointments have been canceled amid the dangerous weather in Texas and other states. FedEx and General Motors canceled operations in parts of the US due

어려운 단어의 경우 네이버 사전을 통해 발음도 확인하고 따라 읽어 보자. 화면에서 단어를 바로 확인할 수 있어 읽기 연습이 편리하다. weava highlighter의 형광펜 기능을 이용하여 어렵고 중요한 부분을 잘 표시해두면 자동으로 브라우저에 저장이 된다. 1주일 뒤 그동안 읽었던 내용을 복습하면 효과가 배가 될 것이다. 영어신문을 활용한 영어 공부는 단순히 영어 읽기 공부뿐만 아니라 요즘 일어나는 사회의 이슈들에 대한 상식도 넓힐 수 있어서 좋다.

인터넷을 활용한 온라인에는 다양한 학습 콘텐츠들이 많이 있다. 그것도 무료라는 사실이 놀랍지 않은가? 꼭 비싼 돈을 들이지 않아도 혼자 부지런히 노력하면 충분히 독학으로 공부할 수 있다. 이러한 내용을 알고 의지력을 실행시킨다면 당신의 영어 실력은 앞으로 향상될 일만 남았다. 방금 소개했던 이런 자료를 갖고 어떻게 구체적으로 공부를 할지가 궁금하다면 이 책을 계속 정독해보길 바란다. 누구나 할 수 있다. 당신이라면 더욱 가능하다. 다른 사람이 아닌 바로 당신이기에 가능한 것이다.

이동 시간을 활용한
무한 반복 청취법

〰️

"There is no such thing as an overnight success"
_anonymous

"하루아침에 이루어지는 것이란 없다."
_작자미상

틈새 시간을 활용하는 방법 중 가장 효율적으로 활용하기 좋은 시간
은 이동 시간이라 할 수 있다. 이동 시간 동안 평소 생각 없이 인터넷
검색만 하다가 시간을 허비하지 않았는가?

괜히 인터넷 쇼핑을 하다가 필요 없는 물건을 구입하지 않았는가?
이제 이런 자투리 시간을 생산적으로 활용해보자.

차로 이동하거나, 대중교통을 타고 이동하는 직장인이라면 이 시

간을 잘 활용해보자. 매일 반복되는 출퇴근 시간에 무리하게 긴 내용의 학습이 아닌 짧은 콘텐츠 하나라도 반복해서 꾸준히 듣다보면 한 달 뒤 큰 차이를 느끼게 될 것이다. 자투리 시간이 모여서 실력이 쌓여간다. 틈새 시간도 영어 청취 연습을 하는데 사용해보자.

1. 팟캐스트 채널 듣기

이동 시간에 활용하기 정말 좋은 것이 팟캐스트이다. 어차피 소리로만 듣는 것이라 운전하면서 플레이 해두기에도 딱 좋다. 출퇴근 시간에 짤막하면서 내용이 알찬 팟캐스트로 청취 연습을 해보는 것을 추천한다. 팟캐스트를 통해 무료로 다양한 학습자료를 이용 가능하다. 너무 긴 내용보다 짧으면서도 내용이 알찬 자료가 좋다. 사용방법은 아주 간단하다. 휴대폰에 "Google Podcast" 앱을 다운로드하여 원하는 채널을 검색하면 된다. 각자의 취향에 맞는 채널을 찾아 공부해보자. 팟캐스트 채널을 활용해 청취연습 및 쉐도잉을 해보자. 쉐도잉을 한다면 듣기 좋은 음성과 깔끔한 발음의 채널을 찾아 하나의 파일을 완벽하게 마스터 하는 편이 훨씬 효과적이다. 그런 과정에서 자신감도 붙고 발음도 어느새 원어민의 억양, 강세, 발음과 닮아 있게 된다.

추천 팟캐스트 1. 큐립스 (culips)

큐립스(culips)는 영어 학습자를 위한 팟캐스트이다. 영어 학습을 위한 것인 만큼 다양한 주제에 대해 약간 느린 속도로 또박또박 읽어준다. https://www.culips.com/ 사이트도 운영한다. 1년에 11만원 (99달러) 정도 결제하면 유료 콘텐츠를이용할 수 있다. 해당 내용의 스크립트가 포함된 스터디 가이드 파일로 심층 학습이 가능하다. 영어 학습을 위한 팁을 담은 내용이 많아 학습 방법까지 배울 수 있는 콘텐츠이다. 나의 경우 운전할 때 큐립스 (culips) 쉐도잉을 하며 발음 연습에 많은 도움을 받았다.

추천 팟캐스트 2 플레인 잉글리시 (Plain English Podcast)

영어 학습을 위한 채널이다. 최근 이슈가 되는 사건들을 천천히 읽어주기 때문에 영어 공부도 하고 최근 동향에 대한 상식도 쌓을 수 있다. 발음을 또박또박하게 읽어주기 때문에 초보자들에게도 적합하다.

추천 팟캐스트 3 테드 강연 팟캐스트 (Ted Talks Daily)

테드(Ted)강의를 모아둔 팟캐스트. 내용도 알차고 교육적이라 단순히 영어 학습 이외에 상식도 쌓을 수 있어 일석이조의 콘텐츠. 제목을 검색하여 보면 스트립트도 쉽게 구할 수 있기 때문에 본인 의지만 있다면 활용도가 높은 채널이다.

추천 팟캐스트 4 스픽 잉글리시 나우 (Speak English Now Podcast)

큐립스 (culips)와 같은 영어 학습을 위한 채널이다. 영어 학습을 위한 팁을 여성 진행자가 또박또박 느린 속도로 읽어준다. 홈페이지에 접속해보면 mp3 파일과 스크립트가 무료로 제공된다. 자료 활용도 편하게 할 수 있어 초보자들도 학습하기에 적합한 채널이다.

추천 팟캐스트 5 하루 7분 자기계발

(7 Good Minutes Daily Self-Improvement Podcast with Clyde Lee Denis)

자기계발을 위한 내용을 담은 7분 정도 길이의 짧은 채널이다. 매일 하나씩 듣고 마인드 세팅을 하기에 좋다. 영어 학습만을 위한 채널이 아니기 때문에 앞의 채널처럼 느린 속도로 또박또박 읽어주진 않는다. 다소 빠른 속도의 연설이 많다. 초급자에게 추천하지 않고 중급 이상의 경우 좋을 채널이다. 웹사이트(https://7goodminutes.com/)에 방문하면 오디오 파일을 무료로 다운받을 수 있다.

추천 팟캐스트 6 굿모닝팝스 (Good Morning Pops)

다양한 영어 공부법도 소개하고 팝송도 배울 수 있는 채널이다. 한국인 진행자가 한국어로도 설명하고 원어민 패널이 영어로 의견을 공유하기 때문에 초급자가 듣기에도 좋다. 거기다 신나는 팝송까지 배울 수 있으니 일석이조가 아닐까? 라는 생각이 든다.

2. 라디오 영어 채널 활용하기

팟캐스트 활용이 힘들다면 라디오 채널을 영어 방송에 고정시켜두고 이동 시간에 영어 라디오를 듣는 방법을 추천한다. 영어 방송 내용을 쉐도잉 해볼 수도 있다. 대중교통을 이용하는 경우나 쉐도잉이 부담스럽다면 청취를 위해 영어에 귀를 계속 노출시키는 것만으로도 좋은 방법이다.

추천 라디오 채널

EBS FM : 아침, 낮 시간은 보통 영어 방송이 나온다.

AFN KOREA : AFKN의 라디오 방송이다.

Arirang Radio : 문화, 관광, 연예 등 다양한 흥미로운 주제의 내용
이 많다.

3. 유튜브 틀어놓고 무한 반복 청취하기.

운전 중 유튜브를 활용하여 영어 콘텐츠를 청취하거나 청취 연습을
하는 방법이 있다. 영어 공부법을 소개하는 영상을 틀어놓고 보는 것
도 좋다. 영어 연설문이나 영어로 된 영상을 반복해서 들으며 쉐도잉
하는 방법도 있다. 대중교통을 이용한다면 쉐도잉이 망설여 질 수 있
다. 나의 경우 대중교통을 사용할 때에도 속삭이듯 조용히 중얼거리
며 쉐도잉을 연습했다. 큰소리로 하지 않더라도 입으로 따라 읽기만
해도 쉐도잉 효과가 있다.

4. 팝송 듣기

너무 학습적인 콘텐츠 공부가 힘들거나, 지루해지기 시작한다면 팝

송 듣기를 추천한다. 각자의 노래 취향이 있기 때문에 미드를 공부할 때와 같이 팝송도 우선 많이 들어본다. 멜로디가 마음에 들거나 가사를 공부해보고 싶은 곡들은 제목을 따로 체크해두고 나중에 심층 공부를 하면 좋다. 우선 많은 팝송 중 내 마음에 드는 곡을 선별하는 작업부터 해보자. 따로 시간을 내어 음악 감상만 하기에는 우리 엄마들은 너무 바쁘다. 이 작업을 하기에 이동 시간을 활용하면 딱 좋다. 선별된 곡들이 있다면 그 곡들만 반복하여 재생해 본다. 한곡이라도 좋다. 그 곡 하나만 계속해서 반복하여 들어본다. 대중교통을 이용한다면 팝송을 들으며 인터넷 검색을 통해 가사를 찾아 공부해보자. 혹은 유튜브 채널에 가사가 입혀진 영상을 찾아 눈으로 보며 들어본다. 가사를 익혔으면 따라 부르며 내 것으로 만들어 보자.

　이와 같이 이동 시간을 활용할 수 있는 청취 방법은 다양하다. 짧은 콘텐츠라도 이 시간에 반복하여 듣다보면 당신의 청취 실력이 향상될 것이다. 생각보다 집중도 잘 되고 그 시간이 짧지 않게 느껴질 것이다. 이제부터 나의 모든 시간을 소중히 여겨 내 자신의 가치를 발전시키는데 사용해보자. 두근거리는 미래를 위해 실행을 할 때가 되었다. 바로 지금이다.

하루 5분
영어로 감사 일기를 써라

~~~~~~

"Be thankful for what you have; you'll end up having more.
If you concentrate on what you don't have, you will never, ever have enough."
_Oprah Winfrey

"당신이 가진 것에 감사하세요. 그럼 결국 당신은 더 많이 가질 수 있어요.
만약 당신이 가진 것에 집중하지 않는다면, 당신은 결코 충분히 갖지 못 할 거예요."
_오프라 윈프리

오프라 윈프리가 성공할 수 있었던 수많은 이유 중 하나가 감사이다. 수많은 도서에서 감사의 힘을 강조하며 감사를 통해 생활이 평화롭고 풍요로워진다고 말한다. 누구나 감사가 우리에게 긍정적인 효과를 가져다준다는 것을 알고 있다. 하지만 왜 감사해야 하는 걸까? 감사하기를 통해 우리가 얻을 수 있는 구체적인 효과는 무엇이 있을까?

알렉스 코브저자의 《우울할 때 뇌 과학》이라는 책에서 감사의 힘에 대해 소개한다. 그 중 한 실험에서 감사 일기를 쓴 그룹과 감사 일기를 쓰지 않은 그룹, 중립적인 일기를 쓴 그룹으로 나누어 연구를 해보았다. 그리고 질환으로 인해 아픈 환자의 그룹과 일반 대학생 그룹으로 또 나누어 실험했다. 결과는 역시 감사의 힘을 입증했다. 감사 일기를 쓴 그룹의 경우 삶의 질이 높아져 그들의 통증도 완화되었고, 낙천적인 삶을 살아가게 되었다고 한다. 즉 감사하기를 통해 얻는 효과를 과학적 실험으로 입증한 것이다.

저자는 감사하기의 효과로 도파민과 세로토닌의 증가, 사회적 지지의 증가, 수면의 질의 향상을 꼽았다. 도파민과 세로토닌이라는 물질은 둘 다 우리의 뇌 속에서 즐거움을 관할하는 신경 전달 물질이다. 도파민은 좀 더 자극적인 짜릿함을 전달하는 물질이고, 세로토닌은 좀 더 은은한 행복을 전달해 주는 물질이다. 둘 다 행복을 관할해 주는 역할을 한다. 인위적으로 도파민을 찾기 위해 술을 마시고 담배를 피기도 한다. 하지만 이것들은 일시적일 뿐이고 꾸준히 지속되지 않는다는 것을 누구나 알고 있을 것이다. 이제부터 인위적인 물질에 의존하지 말고 감사에 몰입해보자. 그동안 '모든 것에 감사하라, 감사 일기를 써라, 작은 일에도 감사 하라' 등의 말은 끊임없이 들어왔다. 하지만 왜 감사해야 하는지 단순히 긍정적인 사람이 되기 위해 감사해야 한다고만 생각했다면 이제 하나의 이유를 추가하자. 감사하기를 통해서 도파민, 세로토닌 얻을 수 있고 게다가 수면의 질도 높아지고, 사회적 지위도 향상될 수 있다니 얼마나 좋은가? 이제 감사를 통해 내 인생을 개선할 수 있는 과학적 근거도 찾았으니 그럼 바로 실행을 할 때이다.

우리는 영어 공부를 하고 있는 엄마들이다. 이제 감사 일기도 영어로 써보는 게 어떨까? 영어로 쓰다보면 작은 감사의 마음도 좀 더 깊이 새겨질 것이다. 한 문장 한 문장 노력해서 작문을 해야 하기 때문에 한글로 쓸 때보다 정성이 들어가기 때문이다. 우리의 평범한 일상을 감사하다 보면 에너지도 긍정적으로 바뀌고, 전반적인 생활이 향상되는 것을 느낄 것이다. 영어 작문이 너무 부담스럽다면 하루 1줄을 목표로 꾸준히 노력해보자. 본인만의 노트에 써도 좋고, sns에 써서 모아 봐도 좋다. 당신의 생활에서 감사한 목록의 만들어 써보자. 앞서 소개했던바 대로 습관이 되려면 최소 3주일에서 3개월까지 지속적으로 해야 한다. 처음 목표는 3주일로 정하고 꾸준하게 감사 일기를 써보자.

아래의 예시처럼 간단한 문장으로 시작해보는 것을 추천한다. 기억하자! 작은 노력에서부터 시작한다는 것을! 부담이 되지 않아야 습관으로 이어질 수 있는 법이다.

<Gratitude journal examples 1> 감사일기 예시1

다음 패턴에 감사한 대상을 명사나 동명사로 넣어주면 간단하게 작문이 가능하다.

I am thankful for +명사/동명사 (나는 ~에 감사합니다)

I am thankful for my legs and hands. (나는 나의 손과 발에 감사합니다)

I am thankful for my cellphone. (나는 나의 핸드폰에 감사합니다)

I am thankful for having a wonderful family

(멋진 가족을 가지고 있음에 감사합니다)

I am thankful for driving my car. (내 차를 운전할 수 있어 감사합니다)

I am thankful for my daughter's teacher who is very kind.

(친절한 딸아이의 선생님께 감사합니다)

<Gratitude journal examples 2> 감사일기 예시2

감사한 내용을 문장형식으로 넣고싶으면 다음의 패턴을 사용하면 된다.

I appreciate that +주어 +동사 (나는 ~에 감사합니다)

I appreciate that my mother takes care of my daughter.

(딸을 돌봐주시는 친정엄마에게 감사합니다)

I appreciate that I have a cute puppy.

(귀여운 강아지를 키우고 있어 감사합니다)

I appreciate that I can drink a cup of coffee.

(한잔의 커피를 마실 수 있어 감사합니다)

I appreciate that I work. (일할 수 있음에 감사합니다)

I appreciate that I have a lovely daughter.

(귀여운 딸아이가 있어 감사합니다)

\<Gratitude journal examples 3\> 감사일기 예시3

감사의 내용을 확장하여 쓰고 싶다면 예시1의 패턴뒤에 because를 붙여 감사한 이유까지 넣어보도록 하자. 좀 더 깊은 감사를 느낄 수 있을 것이다.

I am grateful for +명사 + because + 주어 +동사

(나는~에 감사합니다 왜냐하면 ~이기 때문입니다)

I am grateful for my legs because I can walk.

(걸어다닐 수 있게 해주는 튼튼한 두 다리에 감사합니다)

I am grateful for my eyes because I can see the world.

(세상을 볼 수 있게 해주는 두 눈에 감사합니다)

I am grateful for my friends because they are always with me.

(항상 옆에 있어주는 친구들이 있음에 감사합니다)

I am grateful for my home because it makes me comfortable.

(나를 편안하게 만들어 주는 나의 보금자리에 감사합니다)

I am grateful for my computer because I can do many things with it.

(많은 일을 할 수 있게 해주는 컴퓨터에 감사합니다)

Let's do it!! Your thanks journal. 당신의 감사일기를 여기에 지금 써보도록 하자. 시작은 바로 지금. 미루지 말고 실천해 보자.

\<Gratitude journal examples 1\>

1. I am thankful for

2. I am thankful for

3. I am thankful for

\<Gratitude journal examples 2\>

1. I appreciate that

2. I appreciate that

3. I appreciate that

\<Gratitude journal examples 3\>

1. I am grateful for   because

2. I am grateful for   because

3. I am grateful for   because

<People I'm grateful for>

당신의 인생에서 중요한 감사한 사람 3명을 써보세요. 친구나 가족 혹은 지인, 동료등 누구든지 상관없어요.

1.

2.

3.

<3 best things about today>

(오늘 있었던 일 중 최고의 사건 세 가지를 써보세요. 사소한 것이라도 괜찮아요)

1.

2.

3.

차곡차곡 쌓이는
나만의 영어 노트 활용법

~~~

"The way you spend your time on a daily basis highlights your priorities"
_Anonymous

"규칙적으로 당신이 시간을 보내는 방식이 당신의 우선순위를 부각시킨다."
_작자미상

영어 노트를 한 권 준비해보자. 감사 일기는 다른 노트에 별도로 쓰는 것이 좋고 여기에는 나의 영어 공부를 한 번에 정리하자. 지금 소개하는 것들을 매일 모두 정리한다면 가장 완벽할 것이다. 이 모든 것을 해내는 것이 힘들고 부담이 된다면 적어도 하루에 하나씩은 반드시 실천하도록 하자. 새 마음으로 공부를 하는 것인 만큼 노트도 새 것으로 준비하자. 웬만하면 내가 좋아하는 캐릭터가 그려진 예쁜 노트로 마련해보자. 노트도 예쁘고, 필기구도 예쁘면 왠지 모르게 공부할 마음이 더 생기지 않는가? 영어 공부 노트도 내 눈에 예쁘고, 질 좋은 것으로 마련해 보도록 하자.

1. 단어

영어 공부를 위해 필요한 것들 중 가장 기본적인 것이 단어일 것이다. 단어를 모르면 아무리 표현력이 좋고 문장 구조를 완벽하게 알고 있더라도 작문하기 힘들기 때문이다. 매일 새로운 단어를 하루 5개 정리해보자. 아주 단순한 단어라도 괜찮다. 하루 5개의 단어가 차곡차곡 쌓이다 보면 단어의 개수는 눈덩이 같이 불어난다. 앞서 소개했던 영어 콘텐츠에서 봤던 표현 중 기억해보고 싶은 단어를 써도 좋고 원서를 읽다 체크해 둔 단어를 써봐도 좋다. 어떤 단어든 모르는 단어 5개를 찾아 정리해보는 것이다.

5개라 해서 무조건 딱 5개만 정리하라는 말이 아니다. 더 많은 양을 정리해보고 싶으면 더 정리해도 좋다. 하지만 무리하여 공부하다 지치기 때문에 너무 많은 단어를 몰아서 공부하려고 하지 말자. 우리의 목표는 즐기며! 꾸준히! 반복하여! 지치지 않고! 영어 공부를 하는 것이다. 간혹 '3개월 만에 영어 정복', '6개월 만에 귀트기, 입트기' 등의 슬로건을 걸고 학습을 유도하는 곳들도 있는데 정말 말도 안 되는 소리이다. 우선 영어 공부는 끝이 없는 법이고 그런 학습이 가능한 경우는 보지를 못했기 때문이다. 꾸준히 공부하는데 의의를 두고 조급함은 버리자. 하루 5개의 단어 정리도 위대한 발전을 위한 도약이라 생각하고 반복적으로 노력해보자.

2. 표현 정리

다양한 콘텐츠를 활용해 영어를 학습하면 기억하고 싶은 문장이나 표현이 있을 것이다. 그런 문장들 중 하루 5문장을 정리해보자. 짧막한 문장이라도 괜찮다. 일상 회화에서 유용하게 쓰일 법한 재미있는 표현도 좋다. 무엇이든지 하루에 5개씩 써보자. 나의 경우 케이크(Cake)앱에서 학습한 내용을 노트에 정리했다. 일상에서 유용하게 사용할 수 있는 표현이지만 간단한 문장들이라 노트 정리가 어렵지 않았다. 예를 들어 'There you go.'라는 문장이 있다. 이 문장 속 단어는 누구나 알만한 쉬운 단어이다. 하지만 이 단어가 조합하여 무슨 뜻으로 쓰이는지 감이 오는가? 너는 거기에 간다? 라는 뜻일까? 'There you go!'는 '잘하네!'라는 뜻이다. 단순하게 보이지만 미국식 회화에서 쓰는 유용한 표현들이 무궁무진하다. 이런 표현들은 직접 써봐야 머릿속에 각인이 된다.

팝송 가사를 공부하였다면, 후렴구 부분을 노트에 써보고, 한글 뜻도 함께 써보자. 영어 문장을 익히며 동시에 팝송 가사를 외우는 데도 도움이 될 것이다. 후렴구와 반복되는 멜로디를 써보면 나도 모르는 사이 가사에 친숙해질 수 있다. 팟캐스트에서 들었던 좋은 구절을 써볼 수도 있다. 스크립트가 제공되는 팟캐스트의 경우 내가 들었던 부분의 내용을 찾아 써 보면 된다. 추천하는 팟캐스트는 https://speakenglishpodcast.com 이다. 이곳에 가면 해당 팟캐스트와 mp3파일, pdf 파일로 스크립트가 무료로 제공된다. 이 자료를 활용하여 기억하고 싶은 문장을 노트에 정리해보면 좋다.

3. 작문

여기에 또 하나 영어 작문을 추가해보자. 가장 좋은 것은 영어 일기를 쓰는 것인데 '영어일기'라는 말만 들어도 부담을 느끼는 경우가 많기에 처음에는 힘들이지 않는 기본적인 작문으로 시도하자. 거창할 것 없이 아주 간단한 문장부터 시작한다. 오늘 하루 일상에서 느낀 점, 오늘의 특별한 일 혹은 오늘 정리한 단어를 활용한 문장을 써보자. 처음 글을 배우는 어린이들이 일기를 쓰는 수준으로 쉽게 시작하는 것이 좋다.

영어 공부를 시작하는 사람이라면 누구나 프리토킹을 꿈꾼다. 영어로 막힘없이 대화하기 위해서는 높은 수준의 실력이 필요하다고 생각하지만 일상 회화에 필요한 영어는 어려운 문장이나 단어를 요구하지 않는다. 기본적인 단어와 간단한 문장으로 표현해도 모두가 알아듣고 오히려 소통하기 편리하다.

작문도 마찬가지이다. 학생들에게 작문 숙제를 내주면 굉장히 어려운 문장으로 표현하려고 애쓰는 경우를 많이 보았다. 한글로 장황하게 문장을 써두고 영어로 번역해 달라고 부탁하는 경우가 태반이다. 하지만 그런 경우 나는 우선 한글로 간단하게 문장을 나누어 다시 쓰라고 이야기 한다. 관계대명사와 여러 수식어구를 사용하여 문장 구조를 복잡하게 만들어 쓸 수도 있지만 간단하게 쓰는 것이 기본이 되어야 하기 때문이다. 엄마의 영어도 이런 맥락에서 작문을 시도하는 것이 좋다.

예를 들어 '나는 어제 아이가 5명인 부산에 사는 친구를 길에서 우연히 만났다.'라는 문장을 작문해보고 싶다고 하자. 언뜻 보기에 한글이 길어 막막해 보일지도 모른다. 하지만 이 문장을 짧고 단순한 한글 문장으로 쪼개어 보자. '나는 어제 친구를 우연히 만났다.' '그녀는 아이가 5명이 있다.' '그녀는 나의 이웃에 산다.' 이렇게 3문장으로 나누어 보면 영작이 간단해 진다. 간단하게 쪼갠 문장은 작문이 될 것이다. 'Yesterday I happened to meet my friend on the street' 'She has five children' 'She lives in Busan' 어떤가? 이정도 문장은 누구나 도전해볼 만한 수준이다. 이런 식으로 부담스럽지 않은 문장을 단순하게 작문해보자. 나의 일상에 대한 내용이면 더욱 좋다. 자꾸 쓰다보면 표현력이 늘어 다양한 수식어구와 관계대명사를 활용해 작문도 가능해진다. 우선은 조급해 하지 말고 쉬운 표현부터 사용해보자.

이렇게 세 가지 방법을 자신만의 방식으로 노트에 정리해보자. 길고 어려운 공부를 써내려 가는 것이 아니므로 이 정도의 노트 정리는 누구나 5분~10분정도 할애하면 가능하다. 노트를 정리하다보면 나의 공부가 눈에 보이니 성취감을 느끼게 된다. 작문을 통해 표현력이 좋아지며 말하기 연습에도 도움이 된다. 직접 써보는 것은 반드시 필요하다. 영어 일기나 영작이라 하면 겁먹고 못할 것 같다고 생각했을지 모르지만 막상 해보면 그리 어렵지 않음을 느끼게 될 것이다. 이것이 습관으로 자리 잡아 어느 정도 두툼해진 노트를 보게 되면 정말 뿌듯하다. 그냥 매일 쉐도잉을 하거나 팝송만 따라 부르면 눈에 보이는 것이 없어 공부를 얼마나 했는지 내 공부가 어떤지 확인할 수

가 없다. 하지만 노트로 정리하다 보면 나 자신과의 약속을 지킨 것
같아 자기 효능감도 높아지며, 나에 대한 믿음도 커진다. 영어 학습과
동시에 노트 정리도 반드시 병행해서 해보자.

집안일을 하며 즐기는
팝송 잉글리시와 쉐도잉 연습

～～～

"Yesterday is gone. Tomorrow has not yet come.
We have only today. Let us begin."
_Mother Teresa

"어제는 가버렸어요.
미래는 아직 오지 않았고요. 우리는 오직 오늘만 있어요. 시작합시다."
테레사 수녀

지금 이 책을 읽는 엄마로서 당신은 집안일에서 자유롭지 못할 것이다. 이 세상에 집안일에서 해방된 주부가 과연 몇 명이나 될까? 매일 반복되는 집안일을 하며 시간이 아깝다고 느껴진 적이 많다. 그렇다고 이 시간을 아끼고자 매번 도우미를 부를 수도 없고 그렇다고 집안일을 안 할 수도 없는 노릇이다. 아이가 생활하는 공간인데 깨끗하게 청소해야 마음이 편안하니 몸이 힘들어도 청소를 할 수밖에 없다. 피할 수 없으면 즐기라는 말이 있다. 그럼 집안일 하는 시간을 좀 더 생산적으로 활용해 보는 건 어떨까? 영어 공부와 함께하는 집안일 생각해본 적 있는가?

집안일 하는 시간을 활용하기 위해 추천하는 방법은 팝송 듣기이다. 우선 집안일을 하기 전에 여러 가수의 곡들을 리스트에 넣어 보자. 설거지 할 때 물소리나 청소기소리가 시끄럽기에 블루투스 이어폰을 활용하는 것을 추천한다. 내가 좋아하는 가수의 노래를 리스트에 넣어두고 듣다가 마음에 드는 곡이 생기면 제목을 잘 체크해두자. 그렇게 발견한 곡을 한 두곡 정도 무한 반복해서 듣는다. 자꾸 듣다보면 들리지 않던 가사도 들리고 이 노래가 이런 내용이었구나! 하며 놀라기도 한다. 팝송 공부를 통해 가사의 내용을 이해하다 보면 재밌기도 하고 한 번씩 놀랄 때도 있다. 아무 생각 없이 흥얼거리던 노래의 가사의 내용이 예상과 다른 내용일 때 특히 그렇다. 아리아나 그란데(Ariana Grande)의 '산타, 나에게 말해주세요.'(Santa Tell Me)라는 곡도 그렇다. 크리스마스 시즌이면 여기저기서 울려 퍼지는 노래이다. 신나는 멜로디이면서 가수의 음색도 좋다. 흥겹고 편안하게 듣기 참 좋은 곡이다. 그런데 가사를 알고 보니 그리 신나는 내용이 아니었다.

Santa tell me if you're really there

산타할아버지, 진짜 거기 계신다면

Don't make me fall in love again

다시는 제가 사랑에 빠지지 않게 해주세요.

If he won't be here next year

만일 그가 내년에 여기 없다면요.

Santa tell me if he really cares

산타할아버지 만일 그가 진짜 저에게 관심이 있나 알려주세요.

Cause I can't give it all away

왜냐하면 저는 모든 걸 줄 수 없거든요.

If he won't be here next year

만일 그가 내년에 여기 있지 않다면요.

후렴구 가사 부분이다. 사랑하는 사람에게 버림받는 걸 두려워하는 소녀의 노래이다. 알고 보니 슬픈 노래였다. 다른 예로 미국 팝 음악계의 중요 인물로 자리 잡은 케이트 페리(Katy Perry)의 '지난 금요일 밤'(Last Friday Night)라는 곡도 비슷하다. 경쾌하고 밝은 분위기의 곡이기에 불금을 즐기는 신나고 즐거운 내용의 가사라고 짐작했다. 가사를 꼼꼼히 공부해보니 불금에 술을 잔뜩 마시고 취해버려 필름이

끊겨 난동⒯을 부린 이야기였다. 게다가 가수 본인의 실제 경험을 가사에 썼다고 한다. 다소 반전이었다. 샘 스미스(Sam Smith)의 '내가 유일한 사람이 아니야.'(I'm not the only one)는 잔잔한 멜로디에 아름다운 음색이 더해져 아름다운 사랑 노래로 생각하기 쉽다. 그런데 자신이 사랑하는 사람의 유일한 존재가 아니라는 가사이다. 이런 부분들을 알고 공부를 하면 더 재미있다. 가사를 알고 노래를 듣게 되면 처음과 다른 느낌으로 들린다. 그리고 처음보다 더 관심을 가지게 되고 팝송에 대한 흥미도 생긴다. 하지만 영어 실력자가 아닌 이상 단순히 팝송이 많이 듣는다 해서 가사가 완벽하게 들리지는 않는다. 다음 장에서 소개할 방법을 활용하여 팝송을 공부해보도록 하자.

이제 청소를 하며 설거지를 하며 큰 소리로 팝송을 따라 불러보자. 처음에는 조금 망설여질지도 모른다. 영어로 된 팝송을 크게 부른다는 것이 생각처럼 쉽진 않겠지만, 이것도 공부의 일부라 생각하고 크게 따라 불러보자. 내가 좋아하는 국내 노래를 흥얼거리듯 마음에 드는 팝송을 영어로 흥얼거려 보자. 처음에는 가사를 잘 몰라 버벅거리고, 웅얼거릴 수 있지만, 계속 부르다보면 어느새 가사가 외워진다. 자연스럽게 영어 문장이 암기될 수 있는 것이다. 최소한 한 곡은 완벽하게 외운다고 생각하고 팝송 하나를 통째로 외워보자. 큰 소리로 노래를 부르다 보면 매일하는 집안일이 좀 더 활기차고 긍정적인 에너지로 채워지게 될 것이다. 이를 통해 스트레스도 해소되고 영어 공부도 되고 일석이조이다.

집안일 하는 시간을 팝송 부르기보다 좀 더 학구적으로 활용하고 싶을 때도 있다. 그때는 집안일을 하는 동안 쉐도잉을 해보는 것을 추천한다. 평소 선택해 놓았던 팟캐스트나 유튜브의 쉐도잉 영상을 보면 된다. 어렵게 생각할 것 없이 귀에 들리는 소리를 그대로 그들의 음성과 같은 속도로 따라해 본다. 정확한 대본이 없어도 괜찮다. 집안일을 하는 중이기 때문에 자막을 보면 불편하기 때문에 자막 없이 따라 해보자. 원어민이 말하는 대로 음성을 소리 내어 따라 해보는 것이다. 정말 간단하다. 내용이 무엇인지 어떤 단어와 문법이 쓰인 건지 파악하려 하지 말고 들리는 대로 무작정 따라 해보자. 자꾸 반복하다 보면 안 들리던 표현도 귀에 들어오고 발음도 점점 자연스러워진다. 쉐도잉에 대한 구체적인 이야기와 방법은 4장에서 찾아볼 수 있다.

평소 별다른 의미 없이 의무감에 했던 집안일이 좀 더 활기차질 수 있다. 매일 반복되는 습관이 생산적인 행동이 될 수 있다면 이만큼 좋은 일이 더 있을까? 작은 변화가 반복되면 큰 기적이 되는 법이다. 청소할 때, 설거지할 때, 잠시 팝송을 듣고 노래한다고 딱히 변화가 있을지 의심하지 말고 일단 실천해보자. 이러한 조각조각의 시간들이 모이면 큰 공부가 되는 법이다. 서너 시간씩 의자에 앉아 공부할 시간도 여유도 없는 엄마들이기에 자투리 시간을 잘 활용해야 한다. 특히 집안일을 하는 시간은 너무 아깝기 때문에 이 시간을 잘 활용한다면 큰 수확을 얻을 수 있다. 모두에게 주어지는 24시간이지만 나의 하루는 좀 더 특별하게 값지게 활용하고 싶지 않은가? 그렇다면 비교적 활용이 가능한 자투리 시간을 영어 공부에 사용하도록 해보자. 집안일을 하며 팝송도 듣고 쉐도잉 연습도 해 보자. 큰 변화의 시작은 작은데서 오는 것이다. 지금의 이 기회를 놓치지 말자.

원어로 명대사를 듣는
감동을 만끽하라.

〰️

"You can never replace anyone
because everyone is made up of such beautiful specific details."
_Julie Delphi 영화 《Before Sunset》

"당신은 어떤 누구와도 대체될 수 없어요.
왜냐하면 모든 사람은 특별한 아름다운 디테일로 구성되어 있거든요."
_쥴리델피의 대사 영화《비포 선셋》

언어를 공부하면서 가장 뿌듯한 순간이 있다면 내 입으로 외국인과 대화를 나누고 소통을 할 때이다. 토종 한국인인 나의 생각을 다른 나라의 언어로 외국인과 함께 의견을 나눈다는 자체가 신기했다. 같은 맥락으로 영어로 쓰여 진 글을 읽고, 이해 할 때도 같은 의미로 쾌감이 느껴졌다. 공부를 하지 않았다면 아무 의미 없는 글자로 보였을 텐데 이걸 이해하고 받아들인다는 것이 신기했다. 마치 비밀 문서의 암호를 해독하는 것 같은 느낌도 들었다. 이에 더하여 인상 깊은 영화의 대사를 영어로 듣고 바로 이해할 때 그때의 감동은 배가 되었다. 보통 영화나 드라마의 자막은 의역이 되어 나온다. 한정된 글자 수에 맞추어 번역을 해야 하므로 원어의 내용을 제대로 살리지 못하는 경우도 흔하다. 이런 이유로 영상 번역가의 오역에 대한 논란은 계속 있어왔다. 영어를 공부해 직접 대사를 이해하게 되면 이러한 부분에서 편해진다. 원래의 대사 그대로를 바로 이해할 수 있다면 더 이상 자막에 의존하지 않아도 된다. 제작자가 원래 전달하려 했던 내용을 곧장 받아들일 수 있다. 그래서인지 감동이 더욱 배가 되어 느껴진다.

영화 《비포 선라이즈》는 기차에서 우연히 만난 두 남녀가 하루 만에 사랑에 빠지는 이야기이다. 여행지에서의 로맨스를 담고 있는데 둘은 전화번호나 메일 따위 지루하다며 교환을 하지 않고 헤어진다. 대신 6개월 뒤 같은 기차 승강장에서 만나기로 약속한다. 영화 《비포 선셋》은 그로부터 9년 뒤, 그들이 파리에서 우연히 재회하는 내용을 담고 있다. 다음은 비포 선셋에서 인상 깊었던 장면이다. 그들이 9년 전 현실적으로 번호 교환을 하지 않았던 점을 이야기하는 대목이다. 이들의 대화를 원어로 느끼며 감상하다 보니 실감나게 영화를 느낄 수 있었다.

Jesse : Oh, God, why didn't we exchange phone numbers and stuff? Why didn't we do that?

제시 : 오 이런, 왜 우리가 전화번호 같은 걸 교환하지 않았던 걸까? 우리 왜 그랬었을까?

Celine : Because we were young and stupid.

셀린 : 왜냐면 우리는 그때 어렸고 멍청했었으니까.

Jesse : Do you think we still are?

제시 : 네 생각에 우리 아직도 그런 것 같아?

Celine : I guess when you're young, you just believe there'll be many people with whom you'll connect with. Later in life, you realize it only happens a few times.

셀린 : 음 내 생각엔 네가 젊었을 땐 너와 연결이 될 많은 사람이 있을 거라 생각했을 거야. 근데 나이가 들면서 그럴 일은 몇 번 밖에 되지 않는단 걸 알게 되지.

Jesse : And you can screw it up, you know, misconnect.

제시 : 그리고 기회가 와도 망쳐버릴 수 있어. 연락이 되지도 못하고.

당신도 영어를 열심히 공부해서 직접 자신의 생각을 외국인에게 전달하고 싶지 않은가? 영어로 쓰여 진 매뉴얼이나 실용 글을 읽고 이해하고 싶지 않은가? 유명한 영화를 자막 없이 이해하고 싶지 않은가? 열심히 노력하면 누구나 이룰 수 있는 목표이다. 자막 없이 영화를 보는 수준까지는 아니라도 영어 자막을 놓고 이해해도 된다. 원문을 그대로 이해하는 것이 자막에 의존하는 것보다 낫다는 것이다.

나의 경우 가급적 영어 자막을 놓고 영화나 드라마를 보는 편이다. 자막이 없이 보면 조금씩 놓치는 부분도 생겨서 흥미가 떨어졌다. 유명한 영화나 드라마는 간혹 영어와 한글 자막이 둘 다 제공되는 경우가 있다. 그런 경우 한 번씩 한글과 영어 둘 다 띄워놓고 보기도 한다. 이런 경우는 대신 한글에 크게 의존하지 않고 의식적으로 영어에 집중하도록 노력해야 한다. 약간 불편하긴 하지만 익숙해지면 영어 학습에 큰 도움이 된다.

단순히 영화만을 이야기하는 것이 아니다. 유튜브 채널이나 테드 (TED)강의 등을 활용하여 마음을 울리는 내용을 영어로 이해해보도록 하자. 그들이 전달하고자 하는 메시지를 자막을 거치지 않고 원어로 바로 이해하면 울림이 더 크게 느껴진다. 한 번 경험해보고 싶지 않은가? 바로 바로 이해하는 것이 어렵다면 미리 자막을 통해 공부를 한 뒤 영상으로 확인해 보도록 하자. 모르는 어휘와 문장을 봐두고 영상을 본다면 좀 더 쉽게 접할 수 있다.

영화나 강연 속 명대사의 감동을 느껴보았다면 영어 명언으로 눈을 돌려보자. 이 세상의 훌륭한 분들이 남긴 명언들을 원어로 감동을 느껴보자. 보통 한글로 번역되어 나와 있는데 명언 또한 의역이 된 부분도 있고, 한글에 맞추어 내용이 조금씩 바뀌는 경우도 있다. 원어를 공부해 받아들이려 해본다면 명언을 통해 느끼는 울림도 크다.

이 책의 각 챕터의 시작마다 명언을 하나씩 넣어두었다. 여기에 나온 명언만 모아 보더라도 약 40개이다. 이 책에 나오는 명언들을 노트에 써서 외워보고 읊어보도록 하자. 이 명언들을 내 것으로 만들어 전달하고자 하는 메시지를 느껴보도록 하자. 책을 읽는 도중 마음이 잘 잡히지 않을 수 있다. 혹은 어떤 공부를 먼저 시작해야 할지 망설여진다면 우선 명언부터 써보자. 명언에서 전달하고자 하는 부분을 느껴보고 내 생활에 적용해서 힘을 내보도록 하자. 모두가 긍정적인 마음을 담고 있기에 생활에 도움이 되는 내용들이다. 자꾸 쓰면서 머릿속에 넣다보면 명언에서 하고자 하는 메시지가 각인이 되어 나도 모르게 실천하게 될 것이다.

4장

영알못도
입이 트이는
엄마의
영어 공부법

완벽하지 않아도 괜찮다,
자신감으로 무장하라

〰️

"When you have confidence, you can have a lot of fun.
And when you have fun, you can do amazing things."
- Joe Namath

"당신이 자신감을 가질 때 당신은 많은 것을 즐길 수 있어요.
그리고 당신이 즐길 때 당신은 놀라운 일들을 할 수 있어요."
_조 나마스, 미국축구선수

언어 학습에 있어서 피해야 할 점은 너무 완벽해지려 하는 것이다.
나의 경우 학생들에게 잘못된 문법을 교정해주고 완벽한 문장 구조
를 분석하는 일을 하다 보니 나도 모르게 회화를 할 때 내 말의 문법
표현을 따지는 습관이 생겨버렸다. 머릿속에 문장을 배열해두고 문
법적인 사항이 완벽해야 입을 뗐다. 예전에는 없던 습관이 생긴 것
이다. 그런 식으로 시간이 지나다 보니 어딜 가나 칭찬받았던 회화
실력은 급격히 줄어있었고, 부끄럽지만 외국에 나가 입도 벙긋 못하

는 일도 생겼다.

나는 문법 표현이나 문장 구조를 잘 안다고 생각하고 자신감이 있었지만 오히려 그 점이 문제였다. 지금 생각해보면 너무 완벽하려고 노력한 것이 화근이었다. 원어민들조차 완벽한 문법을 구사하지 못하는데… 심지어 미국의 대통령도 연설 중 문법 실수를 했는데 우리라고 실수하지 않을 수 있겠는가?

미국의 전 대통령 조지 부시의 문법 실수 일화는 유명하다. 도치 구문이 섞여 있는 다소 어려운 문장에서 실수하기도 했지만, 아주 기본적인 3인칭 단수나 명사의 단복수형도 틀려 조롱을 받았다. 그 중 유명한 실수 중 몇 개를 소개하자면, 그는 'Childrens do learn' 이라고 연설했다. 이는 틀린 문법이다. child(어린이)의 복수형이 children 이기 때문에 굳이 뒤에 s를 붙이지 않아도 되기 때문이다. 문법적으로 맞는 문장은 'Children do learn'이다. 또 다른 연설에서 그는 'Is our children learning?'이라고 말해 버렸다. 역시 children은 복수 명사 이므로 'Are our children learning?' 이라고 이야기 했어야 했다. 아마도 부시 대통령은 children이 단수 형태이고 childrens가 복수 형태라고 생각해서 헷갈렸던 것 같다.

이처럼 미국의 대통령도 문법 실수를 하는데 우리는 좀 더 당당해질 필요가 있다. 물론 그의 실수를 비난하려는 의도는 아니다. 그의 실수를 통해 지금의 영어 실력을 위안 삼아 합리화하라는 이야기도 아니다. 다만 영어를 공부할 때 틀릴까봐 두려워하는 생각에서 자유로워지라는 이야기를 하고 싶다.

우리가 한국어를 사용할 때 모국어라고 해서 문법적인 실수를 하나도 하지 않는다고 장담할 수 있을까? 웬만한 문법은 알고 있지만 머릿속으로 문법적인 내용을 체크하고 이야기하는 경우는 거의 없을 것이다. 이따금씩 우리가 내뱉는 말의 문법이나 표현이 완벽하지 않을 때도 있지만 대화에는 아무런 문제가 없다. 이것은 엄마의 영어에서도 똑같이 적용된다. 내 문법이 내 실력이 완벽하지 않아도 상관없다. 지금 우리에게 필요한 것은 자신감이다! 자신감을 갖고 틀리더라도 당당하게 말할 수 있다면 당신의 실력은 향상된다.

자신감 하나로 영어 정복에 성공한 사례가 있다. 바로 개그맨 김영철이다. 그는 개그맨으로 데뷔한 뒤 우연한 기회에 영어 공부를 시작했다. 어릴 때부터 조기 교육을 받은 것도 아니었고 외국으로 유학을 가 공부를 한 것도 아니었다. 공부를 잘 했던 영재도 아닌 그가 지금은 수준급 영어 실력을 뽐내며 제2의 삶을 살아가고 있다. 그의 비법은 자신감이었다. 할 수 있다는 자신감을 갖고 열심히 노력한 결과 지금의 결과를 얻게 된 것이다. 그는 한 인터뷰에서 말했다.

"영어 말하기에 있어서 두려움을 없애는 것이 좋아요. 굴욕이 많을수록 영어 실력이 성장하는 거거든요." 그의 말은 정답이다.

새로운 도전을 하는 것이 망설여지고 영어에 대한 두려움이 커서 막상 시작을 망설이는 경우도 있다.

외국인을 만났을 때 내 말이 틀렸을 것 같고 망신당할까 두려워 입을 못 여는 경우도 많다. 이러한 생각을 접어두고 틀려도 되니까 당당하게 말해보자. 다른 나라 언어를 처음부터 자유롭게 구사하는 사람이 어디 있겠는가? 그렇다면 그 사람이 비정상이다. 처음부터 잘하는 사람은 없다고 생각하고 틀려도 되니 일단은 엉망이란 생각이 들어도 그냥 말하는 것이다. 한 번이 힘들어서 그렇지 한 번 시도해서 별것 아니란 생각이 들면 두 번 세 번 내뱉으며 영어를 말하게 될 것이다. 그렇게 두려움을 극복하고 자신감을 쌓아가는 것이다.

나 또한 대학생 시절 여러 번의 배낭여행과 해외에서 공부했던 기간을 통해 영어 실력이 일취월장하게 되었다. 그때의 경험이 너무 소중했고 값진 시간이라 생각했기에 그 시간을 최대한으로 활용하고 싶었다. 그래서 무조건 외국인들과 많이 부딪히려 노력했다. 틀릴까 봐 두려워하지 않았고 실력이 없다고 주눅 들지 않았다. 상점을 가서 물건을 사더라도 꼭 문장으로 말하려고 노력했고 여행지에서 길을 모를 때도 스스럼없이 물어보았다. 그때 느낀 점이 있다면 내가 아무리 엉터리로 이야기 하더라도 그 누구도 나의 영어를 무시하거나, 비웃지 않았다는 것이다. 젊은 동양인 여자가 몰라서 질문을 하는데 누가 비웃겠는가? 오히려 굉장히 친절하게 나의 질문에 대답해주었고, 어떤 분은 틀린 표현을 친절히 교정해 주며 대답해 주셨다. 그러한 과정에서 더욱 자신감이 쌓여갔다. 완벽하든 그렇지 않든 외국인과 영어로 소통했다는 점에서 만족했기 때문이다.

중국어학 연수를 갔을 때 중국어 실력이 향상 된 계기가 시장에서 물건을 구입하면서였다. 함께 공부하던 친구와 시장에 가서 중국어로 흥정하는 과정이 너무 재미있었다. 우리는 그 당시 중국어 회화가 능통하지 않았고 실력이 초급이었다. 그래도 기죽지 않고 당당하게 상인들과 흥정했다. 중국 및 홍콩, 동남아 여행을 가봤으면 알 것이다. 상인들은 우리가 외국인인 것을 알고 일단은 물건 값을 터무니없이 높게 부른다. 그것을 알기 때문에 일단은 반 이상을 깎으며 흥정을 시작했다. 그때부터 상인들과의 신경전이 이어진다. 그들은 이렇게 싼 가격에 팔면 남는 것이 없다고 화를 낸다. 말도 안 되는 가격을 제시했다며 짜증을 내기도 한다. 그런데 막상 비싸서 못 사겠다고 안사고 가는 척(?) 연기를 하면 상인들은 원하는 가격에 팔겠다며 붙잡는다. 그러면 원래 의도했던 금액으로 물건을 살 수 있다. 이 과정에서 회화 실력이 엄청나게 향상되었다. 공짜로 실제 생활 언어를 학습하게 된 것이다.

누군가가 그러지 않았는가? 외국어 실력을 늘리기 위해선 해당 언어로 싸워보라 했다. 아마 그런 원리가 아니었나 싶다. 이 과정에서 틀릴까봐 두려워하지 않았다. 원하는 바를 머릿속에서 나오는 대로 말했다. 틀린 표현도 많았지만 뻔뻔하게 밀어붙였다. 날이 갈수록 나의 흥정 실력이 향상되는 것을 나 자신도 느낄 수 있었다. 이는 영어에도 똑같이 적용되는 부분이다.

외국어 학습에 있어서 자신감은 최고의 무기이다. 두려움을 버리자. 내가 마음먹었기 때문에 다름 아닌 '나'이기 때문에 성공할 수 있다고 생각하고 자신감을 갖자. 언어 학습에 있어서 꾸준함과 노력만 뒷받침해준다면 누구나 실력자가 될 수 있다. 이제 시작할 공부에 대해 스스로 마인드를 점검해보자. 어떤 마음으로 공부를 시작하는지 어떤 목표를 설정했는지 스스로에게 물어보자. 그러한 점들을 목록으로 정리하여 학습 노트 가장 앞 페이지에 써서 붙여보자. 매일 공부한 내용을 정리할 때 읽어보며 마음을 다지자.

학원보다 더 효율적인
나만의 맞춤식 홈트 잉글리시

〰️

"An investment in knowledge always pays the best interest."
_Benjamin Franklin

"지식에 대한 투자는 항상 최고의 이자를 지불한다."
_벤자민 프랭클린

영어 공부를 위해 학원 수강을 해본 사람은 한번쯤 경험을 했을 것이다. 학원 수강을 통해 언어 실력을 향상 시킨 경험도 있을지 모르지만 별다른 효과가 없는 경우가 많다. 학원을 다녀도 실력 향상이 보장되는 게 아닌데 학원을 꾸준히 다니려니 망설여질 것이다. 바쁜 시간을 쪼개어 겨우겨우 공부하는 상황이라면 더욱 그러하다. 특히 엄마라면 누구나 바쁘다. 일하랴, 아이 돌보랴, 집안일 하랴, 하루 24시간이 너무나 짧게 느껴지는데 무슨 호사를 누리려 굳이 학원에 수강하여 마음 편히 공부할 수 있을까? 하지만 뜻이 있으면 길이 있는 법. 엄마의 영어 공부! 굳이 학원에 가지 않아도 가능하다. 방법은 미래지향적으로 영어 학습에 접근해보는 것이다.

코로나19로 전 세계가 마비되어 버린 이후, 언택트(untact)가 포스트 코로나의 가장 대표적인 상징으로 떠올랐다. 언택트(untact)란 영어 단어 콘택트(contact: 접촉하다)에 부정의 접두사 언(un-)을 붙여 만들어낸 신조어이다. 이는 인간과 인간이 서로 접촉을 하지 않고 상품이나 서비스를 구매하고 교환하는 것을 말한다. 학생들의 경우 학교에 출석을 하지 않고 온라인으로 zoom을 활용해 선생님과 학생들이 얼굴을 보며 수업을 진행하고 있다. 일부 회사에서는 재택근무를 실시하여 회사 출근과 병행하여 일을 하고 있다. 운동을 하는 사람들의 경우 피트니스센터에 가서 개인 트레이닝(P.T)을 받는 대신 집에서 혼자 유명 트레이너의 영상을 보며 운동을 한다.

사실 이러한 경향은 코로나 사태로 인해 가속화 되었을 뿐 모두가 예견했던 트렌드이다. 언젠간 일어날 변화였지만 코로나 사태로 그 시기를 앞당겼을 뿐이다. 전문가들은 앞으로 다가올 미래에는 점차적으로 온라인 플랫폼의 비대면 프로그램이 활성화 될 것이라 예견한다. 엄마의 영어도 새로운 시대에 맞는 방법으로 진행하여 보자.

군이 비싼 돈 내고 PT를 받으러 가지 않고 집에서 홈트를 하듯 영어 공부도 홈트하는 시스템을 계획해보자. 군이 학원에 등록하지 않고 집에서 편하게 공짜로 공부할 방법도 많이 있다. 이제 영어도 집에서 트레이닝 해보자.

학원 수강을 하면 시간표가 주 3회 60분/ 주 2회 60분 보통 이런 식으로 구성이 된다. 그렇다면 우리도 학원처럼 직접 시간을 분배해 보는 것이다. 우선 전화 영어를 수강하면 주 2회 혹은 주 3회 20분 내 외가 될 것이다. 넷플릭스나 유튜브 채널, 팟캐스트를 이용한 쉐도잉 연습을 20분~30분정도 짠다. 앱을 활용한 패턴 영어 학습을 10분정 도 잡는다. 영어신문 및 원서 읽기를 20분~30분 잡는다. 영작 및 표 현 정리를 10분정도 잡아본다. 그렇게 모두 모아보면 총 60분가량이 모아진다. 어떤가 생각보다 조각조각 시간의 모음이 꽤 크게 느껴질 것이다. 커리큘럼도 학원보다 알차다. 학원에서는 보통 회화면 회화, 청취면 청취, 하나의 카테고리에서 학습을 한다. 하지만 개별적으로 계획해 자투리 시간을 활용해 4대 영역을 골고루 공부한다면 네 가 지 영역 모두를 아우를 수 있어 훨씬 더 효과적이다.

아래의 표는 나의 영어 학습 커리큘럼이다. 매일 반복적으로 동일 한 시스템으로 구성되는 것은 아니고 구체적인 학습 내용은 바뀔 수 있다. 상황에 따라 내 마음에 따라 원하는 대로 내 마음대로 조정이 가능하니 얼마나 좋은가? 육아퇴근이후, 시간의 비율이 큰 이유는 아무래도 그 시간이 가장 효율이 높아 추천하는 바이다. 아이 등원 후 오전 시간도 활용도가 높아 황금시간대로 추천한다. 그 밖의 중간에 생기는 자투리 시간에는 앱을 활용하여 패턴 영어를 익히거나 팝송이나 짧은 분량의 팟캐스트 청취 및 쉐도잉을 추천한다. 그렇게 습관을 형성하다 보면 어느새 영어 실력이 차곡차곡 쌓여가는 것을 발견하게 될 것이다.

우선 아래의 표와 같이 내가 할 수 있는 대략적인 학습 내용과 학습 가능한 시간과 요일을 분배하여 표에 넣어본다. 학습 콘텐츠와 시

	시간	요일
전화 영어	15분 (등원 후 오전)	월/수/금
넷플릭스 쉐도잉	20분 (샤워 후 오전)	화
팟캐스트 청취	10분 (이동시간)	매일
the Skimm 영어신문 리딩	15분 (점심 식사 후)	화/목
케이크(Cake) 앱	5분 (점심 이후 자투리 시간)	매일
팝송 영어	10분 (청소시간 및 이동 시간)	팟캐스트와 교차하여
영어 일기	10분 (육아퇴근 후)	월/수
팟캐스트 쉐도잉	10분 (육아퇴근 후 복습)	낮에 들었던 파일/매일

유튜브 채널 청취 및 쉐도잉	10분 (육아퇴근 후)	화/목
영어 원서 읽기	10분 (틈날 때)	
영어 노트 정리	10분 (틈날 때)	매일
sns 인증	5분 (틈날 때)	

간은 사람에 따라 바뀔 수 있다. 이렇게 써보아야 나만의 공부 방법도 정리가 되고 시간 분배도 계획이 잡힌다.

이제 본격적으로 나만의 영어 홈트 커리큘럼을 만들어 보자. 앞의 표를 참조하여 내가 할 수 있는 공부를 나열해 써본다. 표의 윗부분에는 고정 스케줄을 넣는다. 나의 경우 전화 영어는 고정된 수업시간이 있고 케이크(Cake)앱, the Skimm리딩은 매일 하는 공부이다. 그래서 윗부분에 넣었다. 아래에는 내가 사용하는 영어 공부 방법을 나열해놓고 그날의 기분에 따라 하고 싶은 방법을 선택하여 체크를 한다. 아래의 목록 중 최소한 2~3가지는 꼭 해본다는 목표를 세워보도록 하자. 목표가 없다면 표만 만들어 놓고 의지를 세우기 힘들기 때문이다. 대충 머릿속으로 구상하는 것보다 구체적인 목록으로 써보면 어떤 공부를, 언제 해야 할지가 분류되어 정리가 된다. 반드시 종이나 컴퓨터에 표로 그려 넣어보자.

	월	화	수	목	금
전화 영어		15분		15분	
케이크(Cake)앱	10분	5분	10분	5분	10분
영어 노트 정리	5분	5분	5분	5분	5분
the Skimm 리딩	5분	5분	5분	5분	5분
팝송 영어					
영어 일기					
팟캐스트 쉐도잉/청취					
유튜브 쉐도잉/ 청취					
원서 읽기					
넷플릭스 쉐도잉					
sns 인증					

다 만들어진 표를 출력하여 냉장고에도 붙여두고 책상에도 붙여놓고 여기저기 눈에 띄는 곳에 붙여놓자. 자꾸 봐야 익숙해지고 언제 무엇을 해야 할지 머릿속에 나도 모르는 사이 각인이 된다. 단 하나 주의할 점은, 무리하게 계획하지 말라는 것이다. 너무 많은 것을 한꺼번에 하려면 지치는 법이다. 적당한 분량으로 할 수 있는 범위에서 잘 나누어보도록 하자. 지금까지 짜여 진 시스템 속에 들어가 수동적으로 수업을 들어왔다면 이제 내가 능동적으로 나서 보자. 적극적

으로 나서서 내가 원하는 시스템을 직접 만들어 보는 것이다. 이것이 훨씬 더 효율적인 공부법이 될 것이다.

이러한 학습의 또 다른 장점이 있다. 집에서 공부하는 것이 습관이 되면 우리의 자녀들이 공부하는 엄마의 모습을 본받게 된다. 엄마가 자발적으로 아주 편안하고 익숙하게 영어 공부를 하는데 어떤 아이가 따라하지 않겠는가? 그 모습을 보면 아이도 저절로 따라 공부하고 있을 것이다. 엄마가 모범을 보이는데 아이가 반항할 이유가 없는 것이다. '나'를 위해 시작했던 공부가 어느새 나를 꽉 채워주는 역할을 할 뿐만 아니라 나의 아이에게도 긍정적인 영향을 주게 된다. 펜을 들고 나만의 커리큘럼을 짜보도록 하자. 생각보다 재미있고 알찬 경험을 하게 될 것이다.

전화 영어 활용을 위한
시크릿 비법

～～～

"If You Are Working On Something That You Really Care About,
You Don't Have To Be Pushed. The Vision Pulls You"
_Steve Jobs

"만일 당신이 정말 관심 있는 무언가를 하고 있다면 억지로 밀고 나갈 필요 없어요.
비전이 당신을 끌어줄 거예요."
_스티브 잡스

보통의 사람들이 영어 공부를 떠올리면 여러 가지 방법들이 생각이
난다. 그 중에서 전화영어는 다양한 공부법 중 흔한 방법으로 꼽을
것이다. 우리들이 전화 영어를 하는 이유는 다양하다. 회사에서 자기
계발 명목으로 지원을 해주기에 수강을 하는 경우가 있다. 또한 원어
민과 자유롭게 대화를 나눌 목적으로 등록하기도 한다. 혹은 새해가
되어 새로운 목표 설정을 하고 등록하기도 한다. 이렇게 주변에서 보
면 전화 영어를 한번쯤 수강해본 경험은 있는데 보통은 효과가 없어

별로였다는 평가가 많았다. 하지만 사실 전화 영어는 잘만 활용하면 실력을 향상 시킬 수 있는 정말 좋은 도구가 될 수 있다.

전화 영어의 장점은 시간과 장소에 구애 받지 않는다는 것이다. 아이 키우느라 바쁜 엄마들에게 전화 영어는 딱 맞는 공부 방법이 된다. 틈나는 시간을 활용해 공부하기 좋기 때문이다. 수업 시간도 대체로 짧은 편이라 주 2~3회에 10분~15분을 쪼개어 수업하는 것이 어렵지 않은 일이다. 나의 경우 전화 영어를 꾸준히 활용해오고 있다. 아이를 낳기 전부터 오전 시간을 활용해 전화 영어를 수강해오고 있다. 선생님과 수다를 떨다보면 새로운 친구가 생긴 것 같고 일상에 대해 이야기를 공유할 수 있어 재미있다.

사회 이슈에 대해 토의하기도 하고 최근 골치 아픈 일에 대해 하소연하기도 한다. 공부를 한다기보다 편하게 이야기 한다고 생각하니 꾸준히 수강하는 것이 그리 힘들지 않았다. 우리는 이제 전화 영어를 잘 활용해서 효과가 배가 되는 방법을 알아볼 차례이다. 수년간 전화 영어를 수강하며 느꼈던 점을 토대로 전화 영어를 어떻게 하면 잘 활용할 수 있는지 소개하고자 한다. 바쁜 시간을 쪼개어 공부하는 만큼 다음의 팁들이 실력 향상에 도움이 될 수 있길 바래본다.

전화 영어 활용 꿀팁 방출 ★

첫째, 선생님을 자주 바꾸지 않고 가급적 한 분과 꾸준히 수업한다.

선생님이 자주 바뀌면 그때마다 자기소개를 해야 하므로 새로운 표현을 익히지 못하고 반복적인 말만 하게 된다. 그러다 보면 자기소개에는 능통하게 될지 몰라도 새로운 표현을 익히고 발전해나갈 수 없다. 마치 책 '수학의 정석' 앞부분에 나오는 집합 부분만 새까맣게 되도록 공부하고 뒤에 나오는 함수는 공부를 못해서 전혀 모르게 되는 것과 같다.

선생님을 직접 선택할 수 있는 시스템의 전화 영어 업체를 이용하는 것도 방법이 될 수 있다. 부득이하게 선생님을 바꾸게 된다면 그동안 쓰던 표현은 지양하고 다양한 표현을 사용하려 노력해보자. 회화 실력을 늘리기 위해서는 무조건 많이 말해야 한다. 전화 영어의 목적이 말하기인데 같은 말만 반복하면 무슨 소용이 있겠는가. 한 선생님과 꾸준히 수업하게 되면 서로의 상황이나 성향을 알게 되기 때문에 편하게 대화가 가능하다. 직업이나 생활 패턴을 알기 때문에 다양한 주제로 대화를 나눌 수 있다.

선생님 입장에서도 학생의 상황을 감안하고 수업을 하다 보면 좀 더 깊이 있는 대화도 나눌 수 있다. 어색함과 당황스러움에 자칫 멍하게 넘어갈 수 있는 시간을 효율적으로 활용할 수 있다.

둘째, 선생님의 말을 받아쓰기 해보라.

듣는 것과 말하기가 무슨 상관이 있을까 의문스러울 수 있겠지만 이미 증명이 된 이론이다. 자꾸 들어 귀가 트이면 갑자기 입이 근질거리며 말이 하고 싶어진다. 전화 영어를 통해 최대한의 효과를 내고 싶다면 선생님의 말을 하나하나 받아쓰기 해보는 것을 추천한다. 수업이 끝난 뒤 홈페이지에 업로드 되는 녹음 파일을 듣고 계속 돌려가며 한 글자씩 써본다. 처음에는 내 목소리가 듣기 힘들어 계속하여 듣기가 곤혹스러울 것이다. 이것 역시 하다보면 익숙해진다. 받아쓰기를 하면 듣기 기술을 향상시킬 뿐만 아니라 다시 한 번 수업을 복습하는 효과도 있다. 아무리 들어도 안 들리는 부분은 ( )로 표시해두고 넘어가자. 업체마다 시스템이 다르겠지만, 내가 수강하는 곳에선 수업 내용을 대본으로 만들어 주는 서비스를 제공한다. 받아쓰기가 안 되어 정말 답답하면 서비스를 신청해서 내가 써본 대본과 대조해보면서 안 들렸던 부분을 반복해서 들어보면 도움이 될 것이다.

받아쓰기를 할 때 조금 편하게 할 수 있는 팁이 있다. 나의 경우 아이패드를 활용했다. 아이패드 어플 중 <Audipo>를 다운로드 해서 활용해보자. 전화 영어에서 제공해주는 파일을 다운로드해서 이 어플로 실행시켜 본다. 이 앱이 좋은 이유는 구간 설정이 길게 잡혀 있어 앞뒤로 받아쓰기를 할 때, 돌려보아야 할 때 편리하다. 구간이 짧다보면 해당 부분을 찾는 것이 힘든데 이 앱은 원하는 부분을 찾는 것이 쉽다. 배속 조절도 가능하여 안 들리는 부분은 느리게 설정해보고, 반복해서 들어보면 편리하다. 오른쪽엔 아이패드로 재생시키며 노트북을 사용해 받아쓰기를 하였다. 혹은 스플릿 뷰를 활용하여 필기할 수 있는 프로그램 (굿노트등)를 띄워두고 받아쓰기를 해도 된다. 이런 프로그램 없이 제공되는 파일로 받아쓰기를 하다보면 시간이 엄청 오래 걸렸는데 앱을 활용하니 훨씬 속도가 빨라졌다. 시간 절약을 위해 괜찮은 프로그램이 있다면 적극 활용하여 받아쓰기를 해보자.

셋째, 실수를 두려워하지 말라.

언어 학습에 있어서 완벽주의 만큼 실력 향상을 방해하는 것도 없을 것이다. 틀리는 것을 두려워하지 말고 생각나는 대로 말해보자. 전화 영어를 하는 가장 큰 이유가 말하기 연습을 위해서이다. 자꾸 말하고 시도해봐야 실력도 느는 법이다. 문법이 틀릴까봐 혹은 문장이 너무 유치해서 말하는 것을 주저하지 말고 일단 말해보자. 문장이 자연스럽지 않거나 문법적 오류가 있으면 선생님께서 수정해서 다시 한 번 말씀해 주신다. 혹은 수업이 끝난 뒤 사이트에 피드백이 업로드 되기 때문에 확인해보고 수정하면 된다.

틀리는 것이 두려워 시도해보지 않는다면 계속해서 제자리에 머물 뿐이다. 처음에는 말도 안 되는 틀린 문장의 연속이었더라도 학습을 통해 배운 표현과 문장을 반복하다 보면 굉장한 발전을 하게 된다. 내가 말한 문장을 선생님이 어떻게 고쳐주시는지도 유심히 들어보고 그 문장을 내 것으로 만들어보자. 앞서 소개한 받아쓰기까지 한다면 전화 영어 수업을 백배 활용할 수 있는 기회가 될 것이다.

넷째, 가장 중요한 것은 꾸준함!

계속해서 반복하는 이야기이지만 언어 공부의 성공은 꾸준함에 있다. 큰 진전이 느껴지지 않고 반복되는 공부가 지루하게 느껴져 중도 포기하는 경우가 많다. 인내심을 갖고 차근차근 노력하다 보면 반드시 실력 상승의 지점이 온다. 전화 영어도 마찬가지이다. 처음 몇 달간은 큰 변화가 느껴지지 않을 수 있다. 그도 그럴 것이 주 2~3회 10분~20분간의 학습을 통해 한두 달 만에 드라마틱한 변화를 기대하는 것은 말이 안 된다. 초반에는 입도 잘 떨어지지 않고 선생님의 말도 알아듣기가 힘들다. 전화 영어를 하는 것이 생활의 일부가 되고 습관이 되면 자연스럽게 일상으로 받아들여 공부하게 된다. 그러면서 서서히 선생님의 이야기도 잘 알아듣게 된다. 새로운 표현도 배워보고 활용할 수 있다.

꾸준함을 갖고 공부할 수 있는 팁을 하나 공개하자면 수강을 할 때 1년으로 결제를 하는 것이다. 혹시 부담스럽다면 최소 6개월 단위라도 결제 해보라. 대부분 전화 영어 사이트에서는 장기 결제하는 회원들에게 파격적인 할인 혜택을 제공하니 어차피 꾸준히 할 거면 1년으로 결제해 할인 혜택도 받고, 암묵적인 강제성도 부여받으면 좋지 않을까?

지금까지 전화 영어 수업을 잘 활용할 수 있는 방법에 대해 알아보았다. 이런 점들을 잘 염두하며 본인에게 적용하여 전화 영어 수업을 들어보자. 단순하게 수업을 하는데 의의를 두지 말고 능동적으로 수업 내용을 활용해보자. 물론 매일 수업에 참여하는 끈기도 칭찬받아 마땅하다. 미루지 않고 꾸준히 수업만 하더라도 반드시 어느 순간 효과를 보게 된다. 하지만 좀 더 짧은 시간 최대 효율을 내고 싶다면 방금 소개한 방법들을 적용하여 노력해보자. 다른 공부와 함께 병행하여 시너지를 창출한다면 머지않아 빛을 발하는 순간이 올 것이다. 전화 영어를 하며 원하는 내용을 말하며 선생님과 자유롭게 대화를 하는 날이 올 때까지 당신의 노력은 계속되어야 할 것이다. 잊지 말자! 당신이라면 충분히 해낼 수 있다. 당신이기에 가능하다. 내 인생의 마지막 공부라는 생각으로, '나'라는 자아를 위해 멋진 '엄마'가 되기 위해 노력해보자.

넷플릭스를 활용한
미드 영어 공부법

〜〜〜

"Knowing Is Not Enough; We Must Apply. Willing Is Not Enough; We Must Do."
– Johann Wolfgang Von Goethe

"아는 것은 충분하지 않아요. 적용해야 해요. 의지만으로 충분하지 않아요.
실행해야 해요."
_괴테

영어 공부의 꽃은 미드라는 말이 있다. 그만큼 영어 공부에 있어서
가장 쉽게 많은 사람들이 활용하는 도구가 미드이다. 나의 경우에도
대학생 때부터 다양한 종류의 미드를 보며 영어 공부를 했다. 그 당
시 인기를 끌었던 《프리즌 브레이크》를 보며 가슴 졸이며 흥미진진
하게 다음 회를 기다리며 보았다. 의학 드라마 《그레이 아나토미》를
보며 의사들의 사명감을 엿보고 여러 가지 삶의 교훈도 배웠다. 나오
는 음악도 모두 좋아서 따로 플레이 리스트를 만들어 들었다. 《프렌

즈》나 《내가 그녀를 만났을 때》와 같은 시즌이 긴 시트콤의 경우 계속 보다보니 정이 들어 시즌이 끝날 때쯤 아쉬웠다. 어느새 드라마 속 주인공이 친구와 같이 느껴질 정도로 친숙해졌다. 다양한 미드를 접할수록 영어 실력이 좋아지는 것을 느낄 수 있었다.

미드를 통해 영어 공부했을 때 좋은 점은 미국의 일상생활에서 자연스럽게 쓰이는 언어를 접할 수 있다는 점이다. CNN이나 테드(Ted) 강의를 활용해서 공부하는 방법도 물론 좋지만 미드에 비해 딱딱하고 어려운 표현이 많은 것이 사실이다. 자연스러운 일상 회화 실력을 높이고 싶다면 미드만큼 좋은 영어 학습 도구는 없을 것이다. 단순히 언어만 배울 뿐 아니라 미국의 문화나 환경을 엿볼 수 있다는 점에서도 좋다.

공부하기에 앞서 우선 나에게 맞는 미드를 찾아야 한다. 요즘에는 쉽게 다양한 미드를 접할 수 있다. 가장 쉽게 공부할 수 있는 방법은 넷플릭스를 이용하는 방법이다. 여러 종류의 미드가 소개되어 있고 추천 미드, 인기 미드 등이 따로 정리되어있다. 평소 미드에 관심이 있는 경우 좋아하는 미드를 선정하여 학습하면 된다. 미드에 대해 잘 모르거나 관심이 없었다면 가장 먼저 학습할 미드를 선정하는 것이 먼저이다. 추천 리스트에 있는 미드나 혹은 관심 있는 장르의 미드를 보자.

학습 대상의 미드를 선정할 때 몇 가지 주의해야 할 점이 있다. 본인의 영어 수준이 높아 웬만한 대화를 이해할 수 있다면 어떤 드라마이든 상관이 없지만, 초중급 수준이라면 다음을 유의하자. 우선 전문용어가 없는 작품을 선정하도록 하자. 법정 드라마인 《슈츠》나 의학 드라마인 《그레이 아나토미》의 경우 전문 용어가 많기 때문에 초보자들이 공부하기에 적합하지 않다. 간단히 생각해보면 한국인인 우리도 의학 드라마 속 용어를 몰라 이해가 되지 않을 때가 있지 않은가? 혹은 법정 드라마 속 재판 장면에서 다양한 법을 제시하며 변론하는 내용이 파악이 잘 안 되는 경우도 있었을 것이다. 영어도 잘 모르는데 내용까지 어렵다면 학습 난이도가 너무 높아 흥미를 잃게 될지도 모른다. 일상생활 속 이야기를 다룬 가벼운 내용의 미드가 학습용으로는 가장 좋다.

그렇게 학습용 미드를 찾았다면 처음에는 공부한다는 마음은 접어 두고 재미있는 드라마나 영화를 본다는 마음으로 한두 편을 이어서 보자. 몰입도가 높고 재미있어 보이는 미드가 있을 것이다. 그런 미드를 학습 대상으로 선정한다. 많은 사람들이 재미있다고 추천하지만 나와는 맞지 않은 경우가 있기 때문에 우선 한두 편은 꼭 볼 것을 추천한다. 프렌즈의 경우 시즌1이 조금 지루한 편이라 프렌즈를 학습하기로 선정했는데 나와 맞지 않는 느낌이 든다면 조금 인내심을 가져볼 것을 제안한다. 유명한 시리즈인 만큼 몰입도가 높은 드라마이다. 처음에는 재미없고 다소 지루하고 왜 유명한지 이해가 되지 않다가 어느 순간 빠져들어 몰입하게 될지도 모른다.

추천하는 공부법은 다음과 같다. 처음 시즌의 1, 2회는 공부라기보다는 편한 마음으로 볼 것을 추천한다. 대략적인 드라마의 흐름이나 등장인물들을 파악했다면 그 다음부터 영어 자막으로 바꿔 놓고 본다. 그러나 한글 없이는 도저히 어느 것도 이해가 안 되거나 답답해서 견딜 수가 없다면 한글 자막을 추가하여 한글과 영어 둘 다 놓고 보면 된다. 세부적인 내용을 공부하기 전에 가장 좋은 것은 한글 자막을 안보는 것이다. 그러다 보니 오히려 흥미가 떨어지고 지루함만 느껴질 수 있다. 재미가 없다고 느끼면 굳이 미드로 공부할 생각 자체를 접을 수 있다. 그럴 바에 한글 자막으로 놓고 일반 드라마 보듯이 본다.

영어 자막을 띄워 놓는 이유는 단순 청취를 할 때보다 핵심 표현을 익히기에 좋기 때문이다. 재미있는 드라마를 본다는 생각으로 보아서는 안 된다. 해당 에피소드에 나오는 상황을 어떻게 표현하는지를 염두에 두고 자막과 대조하며 봐야한다. 한글과 영어 자막 둘 다 띄워 놓을 때는 더욱 머리를 쓰면서 봐야한다. '이런 영어 표현이 한글로 이렇게 번역이 되는 구나'. '이런 상황은 이런 표현을 쓰는구나.' 라는 생각을 하며 보아야 한다. 단순히 흥미위주의 내용 파악만 하며 미드를 보는 것이 아니라 영어 공부를 한다는 사실을 인지하며 보아야 한다.

나의 경우 영어 자막만 띄우고 보거나, 한글과 영어 둘 다 동시에 나오게 해서 보았다. 혹은 중간에 지루함이 느껴질 때는 한글 자막을 띄워놓고 보았다. 서서히 몰입하게 되면 영어 자막을 놓고 보았다. 자막을 그때그때 상황에 맞추어 활용했다. 나의 대학생 시절에는 지금의 넷플릭스와 같은 프로그램이 없어서 DVD나 미드를 시청했다. 그때는 한글과 영어 자막을 둘 다 화면에 나오게 할 수 없어 하나씩 번갈아가며 띄웠다. 간혹 둘 다 가능한 작품의 경우 둘 다 나오도록 했다. 머릿속은 아주 복잡하게 언어에 초점을 맞추어 신경 써서 보았다. 자칫 자막에만 집중하면 소리를 놓칠 수 있기에 적절히 소리에도 중점을 두었다.

이 방법을 통해 듣기 실력과 표현력이 많이 향상 되었다. 신기하게도 듣기 실력이 늘어나니 발음이 좋아졌다. 그 결과 해외여행을 가거나 해외에서 공부를 할 때 몇몇 외국인들은 나를 교포로 착각을 하는 경우도 있었다. 아니면 당연히 영어권에서 오래 공부를 했다고 생각하고 대화를 나누었다. 이러한 결과는 미드를 통한 학습의 결과이다. 미드로 공부할 때 자막 활용은 정말 중요하다는 점을 강조하고 싶다.

이렇게 자막을 활용하여 미드를 쭉 보다가 중간에 마음에 드는 에피소드나 공부해보고 싶은 부분이 있다면 그 부분을 집중적으로 분석하며 공부한다. 이때 크롬 확장 프로그램들을 활용해보는 것이 좋다. 반드시 사진에서와 같은 크롬 브라우저로 접속해야 한다는 점을 잊지말자.

크롬 웹 스토어에서 넷플릭스를 통해 영어 학습을 할 수 있는 프로그램인 'NflxMultiSub'를 검색하여 설치하여 크롬 확장프로그램에 추가한다.

이 프로그램을 사용하면 넷플릭스의 영상을 재생 하였을 때 한글 자막과 함께 동시에 서브로 영어 자막을 동시에 띄워두고 볼 수 있다. 영어학습에 참 좋은 프로그램이다. 여기에 같은 방법으로 넷플릭

스 영어공부를 도와주는 또다른 프로그램인 'language learning with netflix' 확장 프로그램을 추가 설치한다.

이 프로그램을 설치하면 자동으로 LLN 설명 페이지가 뜬다. LLN 의 기능을 살펴보며 대략적인 사용법을 파악해 본다.

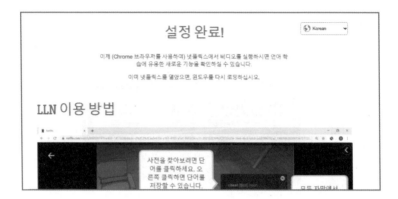

이제 프로그램을 활용해 넷플릭스 영상을 재생해 볼 차례이다. 크롬 브라우저에서 넷플릭스 미드를 틀어보면 드라마 대사가 우측에 뜨는 것을 확인할 수 있다.

여기서 주의 해야할 점은 다음 사진에서와 같이 왼쪽 하단의 ON 버튼을 활성화해야 한다.

LLY와 마찬가지로 LLN 또한 단축키를 활용해서 앞의 대사, 뒤의 대사로 자유롭게 이동이 가능하다.

번거롭게 수동으로 조정하지 않아도 현재 대사 또한 반복해서 들을 수 있다. 자동일시정지 버튼을 활성화 시키면 한 대사가 끝날 때 자동으로 멈춘다. 이런 기능들을 활용하여 반복 청취 연습, 쉐도잉 연습을 하면 편리하다. 자막을 더블클릭하여 단어 뜻도 알아볼 수 있다.

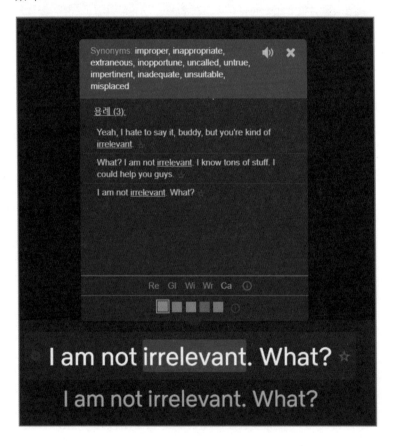

프로그램을 활용해 영어+한글 자막 둘 다 사용해 보는 것도 좋다. 한 문장씩 따라 읽고 중요한 표현을 공부해 본다. 일상 회화에서 유용하게 쓰이는 패턴 표현이나 자주 쓰이는 단어 등을 정리하여 공부하도록 한다. 유명한 드라마의 경우 주요표현과 단어들이 정리된 책이 나와 있는데 그런 책을 활용하여도 좋다. 이런 방법들을 통해 공부하고 싶은 구간을 정복한다고 생각하고 꼼꼼히 학습한다. 마지막으로 공부를 마친 회차를 자막 없이 감상해보자. 열심히 공부하여 단어와 표현을 익히고 보는 것이므로 자막이 없어도 잘 들린다. 그에 따라 자신감도 상승한다.

사실 미드를 활용한 공부법은 워낙 다양하다. 사람마다 자기에게 맞는 영어 공부법은 다를 것이다. 어떤 사람에겐 자막 없이 소리를 노출하는 방법이 효과가 빠를 지도 모른다. 그리고 어떤 사람은 한글과 영어 자막 모두 나오게 하고 의식적으로 공부하는 것이 도움이 될 지도 모르고, 어떤 사람은 영어 자막만 나오게 해서 보는 것이 도움될 지도 모른다. 어떤 방법을 사용하더라도 가장 중요한 것은 꾸준함이다. 이 공부를 얼마나 오래 지속적으로 꾸준히 하느냐에 따라 승패가 달려있다. 여러 가지 방법을 시도해보고 본인에게 맞는 방법을 찾아 노력해보도록 하자.

정리

나에게 맞는 미드를 찾는다.

시즌 1~2회까지는 편안하게 감상한다. (한글 자막도 ok)

등장인물, 줄거리를 파악했다면 영어 자막으로 설정하고 본다.

자막보다 소리에 중점을 두고 집중해서 듣는다.

반복해서 공부하고 싶은 구간을 LLN을 활용하여 쉐도잉한다.

공부를 마친 미드를 자막 없이 감상한다.

엄마 영어공부를 위한 추천 드라마 리스트

<육아에 지친 엄마를 위한 추천 목록>

워킹 맘 다이어리

워킹 맘들을 주인공으로 한 캐나다 드라마이다. 주인공 부부가 실제 부부이며, 여자 주인공이 직접 대본을 쓰고 주연도 맡았다. 이 드라마는 조리원에서부터 보았는데 화장실에서 유축을 하며 직장에서 일을 하는 장면을 보며 어찌나 짠하던지…. 아이를 키우며 일하는 엄마들의 현실적인 육아 이야기가 많아 엄마들은 누구나 공감할 만한 드라마이다.

렛다운

아기를 키우는 입장이라면 공감하면서 볼 수 있을 호주 드라마이다. 육아에 지친 당신이라면 힐링용으로 추천이다.

<몰입도 최강, 중독성 있는 미드 리스트>

범죄의 재구성

유능한 법대 교수와 그녀의 제자들을 중심으로 살인사건을 둘러싼 이야기가 펼쳐진다. 몰입도가 높은 드라마이다. 법정 용어가 많고 주인공의 말이 빠른 편이라 초급자에게는 다소 어려울 수도 있다.

너의 모든 것

평범하게 보이는 사이코 패스인 한 남자가 한 여자를 스토킹하는

이야기이다. 뒷이야기가 궁금해 견딜 수
없을 만큼 몰입도가 높은 드라마이다.

리벤지

막장 드라마를 좋아하는 당신이라면 몰입도
있게 볼 수 있다. 한 여자의 복수기를 그린 드라
마이다.

<가볍게 보기 좋을 미드 리스트>

굿 플레이스

죽고 난 뒤의 사후세계에 대한 내용이
다. 밝은 분위기의 일상 회화체가 많이 쓰
인 가벼운 내용이라 학습용으로 좋다.

가십 걸

<섹스 앤 더 시티>, <립스틱 정글>, <위기의 주부들>과 같은 종류
를 좋아한다면 가십 걸도 분명 재미있게 볼 수 있다.

모던 패밀리

가벼운 시트콤이라 공부하기에 좋다. 미국의 다양한 가족을 살펴볼 수 있는 드라마이다.

에밀리 파리에 가다

미국에서 일하던 에밀 리가 우연한 기회에 파리에서 일하게 되며 발생하는 일들을 그린 드라마이다. 파리의 낭만적인 배경이 눈호강을 제대로 시켜준다.

<이것만은 꼭! 미드영어 필수 리스트>

프렌즈

미드 공부하면 가장 먼저 떠오르는 것이 프렌즈이다. 가벼운 시트콤이며 문장이 간단하고 내용도 재미있어 공부하기에 좋다. 미드를 활용한 학습으로 모두가 프렌즈를 손꼽는 데에는 이유가 있다. 아직 프렌즈의 매력을 모른다면 이번 기회에 도전해보도록 하자.

내가 그녀를 만났을 때

이것 역시 프렌즈와 마찬가지로 가벼운 내용의 시트콤이다. 개인적으로 프렌즈보다 재미있어 엄청 빠져들어 봤다. 공부하기에 정말 좋은 콘텐츠이므로 이것 역시 필수로 공부해 보는 것을 추천한다.

<영국식 영어와 미국식 영어를 동시에>

영화 <인턴>, <브릿짓 존스의 베이비>를 추천한다. 넷플릭스에는 없는 영화이지만 <노팅힐>, <브릿짓 존스의 다이어리>, <어바웃 타임> 역시 영국식 영어와 미국식 영어를 동시에 연습할 수 있다. 쉐도잉을 통해 발음 연습하기 정말 좋은 영화들이다.

애니메이션을 활용한 쉐도잉

〰️

"The way get started is to quit talking and begin doing."
_Walt Disney

"시작하는 방법은 말하는 것을 그만하고 행동하는 것이에요."
_월트 디즈니

애니메이션이 재미가 없고 유치할 거라는 편견은 버리자. 영어 실력이 초급이라 드라마와 영화를 쉐도잉하기 벅차다면 애니메이션을 활용해보자. 평소에는 애니메이션을 즐겨보지 않았어도 학습을 위한 좋은 도구라는 것을 알게 될 것이다. 애니메이션으로 학습할 때 좋은 점은 일반 영화에 비해 러닝타임이 짧은 편이며 아이들을 대상으로 하기 때문에 문장이 단순하다. 보통 전체관람가이며 아이들을 대상으로 하기 때문에 어른들을 대상으로 한 드라마나 영화보다 발음도 좀 더 정확하게 녹음되어 있다. 사실 미드나 영화로 학습할 때 전문 용어가 많이 나오면 학습 난이도가 높아진다. 하지만 애니메이션의 경우 아이들을 대상으로 하기 때문에 대사에 어려운 전문 용어보다 쉬운 내용이 많아 초보자의 경우 학습하는데 큰 부담이 없다.

애니메이션은 감동과 교훈의 요소가 들어가 있기에 일상에 지친 당신에게 위안을 주기도 한다. 이처럼 애니메이션은 어린 아이들만 보는 유치한 내용이 아니라 다양한 장점을 가진 매력적인 학습 콘텐츠이다. 만일 당신이 영어 초급자이고 처음부터 차근차근 공부하기를 원한다면 미드보다 애니메이션을 활용할 것을 추천한다. 어느 정도 실력을 쌓고 미드로 넘어가면 훨씬 쉽게 성취감을 맛보며 공부하게 될 것이다.

그럼 이제 애니메이션을 통해 쉐도잉 연습을 해보자. 쉐도잉이란, 외국인이 말하는 영상이나 파일을 들으며 원어민과 똑같은 속도로 동시에 따라 읽는 것을 말한다. 쉽게 말해 '듣는 것과 동시에 따라 읽기'라 생각하면 된다. 쉐도잉이 언어 학습에 도움이 되는 이유는 모국어 학습 원리와 비슷하다. 말을 처음 배우는 아기들은 알아들을 수 없는 말로 옹알이를 한다. 쉐도잉도 이와 마찬가지로 아기가 옹알이를 하듯 영어의 소리를 따라 읽으며 학습하는 방법이다. 그런 과정을 통해 소리를 자연스럽게 받아들이고 실제 원어민들의 발음을 익힐 수 있는 것이다. 반복적으로 같은 음원을 듣다보면 자연스럽게 청취 연습도 되어 듣기 실력도 향상되는 장점이 있다.

쉐도잉 꿀팁 소개 ★

쉐도잉을 할 때 중요한 점은 여러 가지 콘텐츠를 다양하게 접하는 것보다 같은 콘텐츠를 반복해 따라 읽어보는 것이다. 한 가지 음원을 반복하여 들으며 쉐도잉 하는 것에는 큰 장점이 있다. 하면 할수록 처음에는 들리지 않았던 부분이 들리거나, 발음이 개선되는 것을 스스로 느낄 수 있다. 하나를 완전히 정복한다는 생각으로 그 음원 속의 내용을 완전히 따라해보자. 발음 연습은 물론이고 억양이나 강세도 묘사하려고 노력해보자. 중간에 궁금한 표현이나 단어가 있다면 그 부분을 잘 기억해 두고 나중에 찾아본다. 발음은 비슷하게 따라 했지만 도무지 파악이 안 되던 문장도 마찬가지로 체크해둔다. 나중에 스크립트를 확인해 보면 의외로 간단한 단어들의 조합인 경우도 많다. 연음의 원리를 몰라서 혹은 단어들이 문장 속에서 사용되는 다양한 의미를 몰라서 안 들렸을 지도 모른다. 그런 부분들을 인지하면서 몇 번 학습하다 보면 다음에는 같은 원리의 문장이 나올 때 처음보다 훨씬 수월하게 받아들일 수 있다.

앞서 소개한 넷플릭스를 활용하여 쉐도잉 연습을 하면 편리하다. 크롬브라우저에 넷플릭스를 띄워두고 LLN프로그램 단축키를 사용하여 한 문장씩 따라 읽어보자. 말이 빠르거나 발음이 잘 이해가 안되면 그 문장을 반복하여 따라 읽어본다. 처음 공부하기에 애니메이션을 활용하는 것이 좋다. 무엇이든 흥미가 있어야 공부도 재미있게 하는 법이기에 관심을 끄는 대상을 찾는다. 애니메이션의 경우 자막 없이 보더라도 대충의 흐름이 쉽게 파악된다. 《위베어 베어스》와 같은 짧은 영상은 처음 볼 때는 자막 없이, 두 번째에는 LLN을 활용하여 쉐도잉 해볼 것을 추천한다. 러닝타임이 긴 영화라거나 자막 없이 보는 것이 도저히 자신이 없다면 처음에는 한글 자막으로 감상하고 두 번째에 LLN으로 쉐도잉 하는 방법을 추천한다. 어떤 방법을 활용하든 쉐도잉은 필수이다. 원어민의 음성과 동일한 속도로 장면 속 대사를 등장인물과 동시에 읽어본다.

영화 한 편을 모두 하는 것은 사실 꽤 힘든 일이다. 재미있는 구간이나 연습하고 싶은 부분을 지정하여 그 부분을 반복적으로 공부하자. 지치지 않고 꾸준히 해야 하기 때문에 하루 분량을 영화 한 편이나 하루 1시간 이상으로 지정할 필요는 없다. 하루 10분이라도 골든타임을 사수하여 부담 없는 분량으로 시도해볼 것을 추천한다. 먼저 애니메이션으로 연습을 하고 익숙해지면 앞서 소개했던 미드를 활용하여 쉐도잉 연습을 해보자.

쉐도잉과 청취 연습 이외에도 애니메이션으로 공부할 수 있는 또 다른 방법이 있다. 작문실력을 높이고 싶거나 영어 듣기에 대한 부담을 가진 분들에게 추천하는 방법이다. 한글 더빙판으로 애니메이션을 틀어두고 영어 자막을 설정하여 보는 것이다.

설정하는 방법은 간단하다. 사진과 같이 크롬으로 접속해 넷플릭스를 실행하여 LLN을 기능을 켜 두고 음성을 한국어로 설정하면 된다. 한글의 표현을 영어로 어떻게 이야기하는지 확인해볼 수 있어 굉장히 효과적인 방법이 된다. 내용 감상에 초점을 두지 말고 의식의 흐름을 계속 열어두고 어떻게 번역해서 나오는지 자막을 확인해본다. 내가 생각한 영어 표현과 대조해보며 작문의 표현을 머릿속에 집어넣는다. 아리랑 티비를 활용해서 공부하는 방법과 유사하다. 꼭 애니메이션이 아니더라도 관심 있는 한국 드라마가 있다면 넷플릭스의 자막을 활용해도 좋다. 영작을 위한 연습으로 정말 효과적인 방법이 된다.

정리

영어 실력이 초급이거나 영화나 드라마가 부담스럽다면 애니메이션을 쉐도잉 하자.

러닝타임도 길지 않고 문장이 짧고 발음도 깔끔하기 때문에 쉐도잉 하기에 좋다.

처음에는 자막 없이, 두 번째에는 LLN을 활용하여 쉐도잉 해보자.

러닝타임이 긴 영화라면 전체를 쉐도잉 하지 말고 부분을 정해 하루 10분이라도 노력해보자.

쉐도잉이 부담스럽거나 작문 실력을 높이고 싶다면 한글 더빙판에 영어 자막을 놓고 작문내용을 머릿속에 새겨가며 학습한다.

\<넷플릭스로 공부하기에 좋은 추천 애니메이션\>

위베어베어스

가장 추천하는 애니메이션이다. 10분
정도 분량의 짧은 에피소드로 되어있다.
하루에 한 편씩 목표를 설정해서 공부하
기에도 좋다. 문장도 짧고 일상에서 쓰는
유용한 표현이 많아 학습하기에 정말 좋은 콘텐츠이다.

씽

밝은 분위기이며 향수를 느끼게 하
는 음악들이 많다. 어른용 애니메이션
느낌이라 재미있게 공부하기 좋다.

보스 베이비

너무 귀여운 아기가 주인공으로 등장한
다. 시즌2 까지 나와 있다.

스펀지 밥

말 안 해도 이미 모두가 알고 있는 애니메이션이 아닐까? 공부용으로 정말 좋다.

트롤

신나는 음악과 함께 보다보면 시간가는 줄 모르게 된다!

〈유튜브 쉐도잉 콘텐츠 공부용〉

넷플릭스에 가입이 되어 있지 않거나 크롬 브라우저 활용이 힘든 당신이라면 우선 유튜브로 공부해보자. 유튜브 검색창에 영어 쉐도잉을 검색하면 다양한 콘텐츠가 쏟아진다. 그 중 애니메이션 쉐도잉하기에 가장 추천하는 것은 위 베어 베어스이다. 넷플릭스 말고 유튜브에도 위 베어 베어스 학습 콘텐츠는 정말 많다. 한 문장을 자동으로 반복하여 편집해놓고 자막도 입혀놓아서 보고 따라 하기만 하면 된다. 그밖에 겨울왕국, 인사이드 아웃 등도 추천한다.

스트레스 해소까지 일석이조
팝송 잉글리시

〰️

"Your time is limited, so don't waste it living someone else's life."
_Steve Jobs

"시간은 한정되어 있어요. 그러니 다른 사람의 삶을 살아가면서
시간을 낭비하지 마세요."
_스티브 잡스

중학교 시절 영어 공부에 한창 흥미를 느꼈던 나는 팝송으로 영어 공부에 흥미를 붙였다. 그 당시는 지금처럼 다양한 자료가 없었다. 테이프과 CD를 구입해서 앨범 표지에 쓰여 있는 가사를 노트에 써가며 모르는 단어는 사전을 찾아가며 내용을 파악했다. 추억의 앨범인 Now와 Max를 구입해서 인기 팝송을 들으며 영어 공부에 흥미를 붙였던 기억이 난다.

리키 마틴(Ricky Martin)의 노래들과 뮬란에 수록된 곡 크리스티나

아길레라(Christina Aguilera)의 'Reflection'은 수도 없이 들었다. 백 스트리트 보이즈(Back street boys), 블루(Blue), 엔 싱크(Nsync) 등의 보이 밴드도 좋아했다. 마음에 드는 팝송은 가사를 스스로 해석한 뒤 혼자 노래도 따라 불러보고 가사도 외워보며 자연스럽게 영어를 학습하는 계기가 되었다.

요즘에는 그때에 비해 팝송도 다양하고 원하면 어디서든 쉽게 접할 수 있다. 뮤직 플랫폼에 유료로 가입하여 스트리밍 서비스를 활용해도 되고 유튜브를 이용해 무료로 들어도 된다. 조금만 부지런하게 인터넷을 찾아보면 가사 해석도 찾아 볼 수 있다. 너무나 좋은 세상이다. 영어를 잘 모르는 초보자들도 팝송으로 영어 공부를 시작한다면 좀 더 재미있게 다가갈 수 있다. 거리를 지나가다 매장에서 흔히들을 수 있는 유명한 팝이나 예능 프로그램에 자주 나오는 팝송의 경우 우리에게 친숙하기 때문에 더욱 편하게 접근할 수 있다. 영어 공부를 시작한다고 문법책을 펴고 영어신문을 분석하며, 공부한다는 편견은 버리고 팝송을 통해 재미있게 시도해보자.

가수 박진영이 JYP 연습생을 뽑기 위해 오디션 프로그램에 심사위원으로 나와 매번 강조하는 것이 있었다. '공기 반 소리 반' '말하듯이 노래해라.' 그런데 이것은 영어 공부를 위한 팝송에도 딱 맞는 조언이다. 말하듯이 노래하는 가수를 찾아 공부를 하자. 말하듯이 노래하는 가수들은 발음도 정확한 편이고, 대화를 하듯 노래하기 때문에 잘 들린다. 가사도 정적인 내용들이 많다.

추천하는 가수는 에드 시런(Ed Sheeran), 라우브(Lauv), 찰리 푸스(Charlie Puth), 제레미 주커(Jeremy Zucker), 샘 스미스(Sam Smith) 등이 있다. 그밖에도 많은 가수의 곡들이 있다. 대체로 위의 가수들의 노래가 편안하게 들리고, 부담 없이 흥얼거리기에 좋다. 유튜브에서 유명한 가수인 제이 플라(J. Fla)가 커버링한 곡들도 추천한다. 유튜브 스타인만큼 음색이 좋고 듣기에 편안하면서 신나는 곡들이 많다. 원곡을 그대로 부르기 때문에 가사 공부하기에도 좋다.

마음에 드는 곡을 찾았다면 본격적인 공부를 시작해보자. 우선 인터넷을 검색하여 가사를 알아본다. 유튜브에 가수 이름 노래 제목 뒤 'lyric'(가사)을 붙여 검색하면 (예: adsheeren photography lyrics) 뮤직 비디오나 영상에 영어 가사와 한글 가사가 모두 있는 콘텐츠를 찾을 수 있다.

그런 자료들을 통해 가사를 익혀보자. 우선 대략적인 가사를 파악하며 노래를 들어본다. 그런 다음 가사를 프린트해보거나 직접 손으

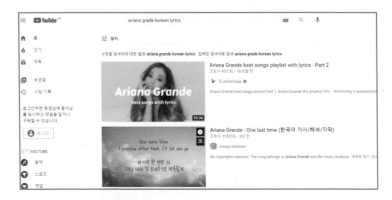

로 써 보자. 영어 가사만 프린트해도 좋고 한글 가사를 함께 프린트해
도 상관없다. 노래와 관계없이 가사만 쭉 읽어보며 모르는 단어나 어
려운 표현을 형광펜으로 표시해두자. 모르는 단어와 중요 표현의 뜻
을 찾아 써보자. 해석이 힘든 부분은 문장의 구조를 분석해보자. 구

조 분석이 어렵다면 끊어 읽기를 시도해보자. 팝송의 경우 멜로디에 맞춰 가사를 쓰다 보니 문법적으로 맞지 않는 경우도 많다. 너무 파고들어 모든 문장을 샅샅이 분석하기 보다는 어느 정도 감안을 하고 공부할 것을 추천한다. 한 번 읽고 단어와 표현을 모두 파악했다면 이제 큰 소리로 3번 읽어본다. 반드시 큰 소리로 읽어야 한다. 나의 경우 3번째 읽고 녹음을 해 보았다. 녹음을 한 목소리를 듣는 것은 참 고통스러웠기에 어떤 경우 듣지 않기도 했다. 그럼에도 녹음을 추천하는 이유는 녹음을 하고 있다는 사실이 어딘지 모르게 강제성이 부여되는 느낌을 주기 때문이다. 편하게 읽을 때 보다는 좀 더 신경 써서 읽게 된다. 3번 읽고 녹음까지 했다면, 노래에서 가장 마음에 드는 부분이나 후렴구의 가사는 노트에 써보자. 직접 써보고 읽어보고 흥얼거리며 익혀보자. 노래에서 들리는 것과 가사가 다르게 느껴진다면 그 부분을 반복해서 틀어보며 왜 이렇게 노래했는지 생각해보고 나도 비슷하게 따라 읽어보자. 간혹 축약 표현을 쓰거나 빠르게 노래를 하다보면 발음이 생략되어 들리는 경우가 있기 때문에 꼼꼼하게 가사를 따져보며 들어보자. 그리고 그런 부분은 체크해두고 노래를 부를 때 참고하도록 하자.

이렇게 학습한 내용으로 팝송 공부를 마치면 안 되고 팝송을 활용한 공부의 핵심은 직접 노래해보는 것이다! 가사를 분석해보고 내용을 파악했다면 큰 소리로 불러보자. 다른 사람이 있을 때는 아무래도 힘드니까 아이가 잠들었을 때, 등원시키고 나서, 혼자 차로 이동할 때 크게 따라 불러보자. 집안일 할 때도 좋다. 생각보다 스트레스가 해소된다. 그러면서 영어 가사를 자연스럽게 웅얼거리며 영어 문장을 외울 수 있다. 이만큼 문장 외우기 좋은 방법이 어디 있겠는가? 노래를 하다 보면 어느새 몇 문장을 외우고 있는 나를 발견할 수 있을 것이다. 공부라고 생각하지 말고 노래를 부른다고 생각하며 실행해보자.

팝송을 통해 발음 연습도 하고 영어 표현도 배우며 문장 암기도 할 수 있다. 거기에 더해 스트레스까지 해소할 수 있다니 정말 일석이조 아닌가? 이제 당신도 팝송을 듣더라도 어떤 내용인지 알고 듣는 똑똑한 엄마가 되어보자. 거리나 상점에서 많이 나오는 유명한 팝의 경우 인터넷을 조금만 찾아보면 가사와 한글 해석을 찾을 수 있다. 가사를 공부해놓고 여러 번 흥얼거리다 보면 나도 모르는 새 저절로 외워지게 된다.

정리

마음에 드는 곡을 찾는다.

인터넷을 검색해 영어 가사, 한글 가사를 찾아 전체적인 내용을 파악한다.

가사를 프린트해서 모르는 단어와 어려운 표현의 뜻을 정리해본다.

큰 소리로 3번 읽어본다.

후렴구와 어려운 부분은 노트에 정리해본다.

노래를 들으며 크게 따라 불러본다.

회화 실력과 읽기 습관을 동시에 잡는 원서 읽기

"Life is tough, and things don't always work out well, but we should be brave and go on with our lives."
_Suga

"인생은 고달프고, 일이 항상 잘 되는 것은 아니지만, 용기를 내서 인생을 살아가야 합니다."
_BTS 슈가

영어 학습의 4대 요소는 말하기(Speaking), 듣기(Listening), 읽기(Reading), 쓰기(Writing)이다. 성공적인 영어 공부를 하려면 4대 영역을 모두 골고루 활용해서 병행해야 한다. 팟캐스트 및 쉐도잉 연습으로 듣기 실력을 쌓고 전화 영어로 말하기 연습도 했다. 영어 일기 쓰기 및 패턴 표현을 활용한 작문을 하며 쓰기 실력을 쌓고 있는 당신 정말 멋지다.

그럼 이번에는 읽기에 도전해볼 차례이다. 앞서 소개한 크롬 브라우저를 활용한 영어신문 읽기 공부법에 이어 이번에는 원서로 읽기 실력을 쌓아보는 것을 추천해보려 한다. 원서 읽기를 통해 책 한 권을 완독하면 그 순간 자신감이 생긴다. 도저히 끝이 없을 것 같이 느껴지던 책이 어느 순간 술술 읽히며 마지막 페이지까지 읽고 책을 덮는 순간에는 쾌감을 느낄 것이다.

회화 실력을 높이고 싶은 당신이라면 원서 읽기에 대한 흥미도 없을뿐더러 필요성을 느끼지 못할 지도 모른다. 하지만 언어는 모든 부분들이 유기적으로 연결되어 있다. 원서 읽기를 통해 읽기를 열심히 했는데, 듣기가 잘 되거나 갑자기 말하기 표현이 다양해질지도 모른다. 즉 영어 학습을 할 때는 다양한 분야로 나누어 공부를 해야지 어느 한 부분만 열심히 해서는 언어 실력이 향상되지 않는다. 듣기, 읽기, 쓰기, 말하기 4개의 영역이 적절하게 이루어져야 진짜 영어 실력이 향상되는 법이다.

읽기에 대한 필요성을 느끼고 도전해보고 싶어도 막상 실행하는 것이 생각만큼 쉽지 않다. 특히 원서 읽기의 경우 두꺼운 분량의 책이 온통 영어로 쓰여 있다는 생각에 까막눈이 된 것처럼 앞이 캄캄해 보일수 있다. 책에 대한 흥미가 없거나 영어 초급자의 경우 원서 읽기라는 말만 들어도 겁이 날지 모른다. 하지만 걱정은 접어두어도 좋다. 엄마의 영어 공부는 부담 없이 즐겁게 하는 것이 목표이기 때문에 원서 읽기도 부담감을 느끼지 않는 선에서 공부하도록 하자. 생각보다 원서의 종류는 다양하고 문장의 구성과 내용도 다양하다. 처음 시작할 때는 짧은 분량으로 된 비교적 내용이 쉬운 책을 선택하자. 하나의 책을 완독하는 데 의의를 두고 한 권을 다 읽은 후 밀려오는 감동과 성취감을 느껴보자.

영어 초급자이거나 원서 읽기에 대한 두려움이 있는 경우 얇고 쉬운 책으로 스타트를 끊어보자. 처음 원서 읽기를 할 때 추천하는 책은 스펜서 존슨의 '누가 내 치즈를 옮겼는가?' (Who moved my cheese?)이다. 한국에서 베스트셀러였던 작품이라 누구나 한 번쯤 제목은 들어봤을 것이다. 책을 보면 알겠지만 분량이 작고 아주 가볍다. 글자도 비교적 크게 인쇄되어 있어서 큰 부담감이 느껴지지 않는다. 내용 또한 비교적 쉽고 간단한 문장들로 이루어져 있다. 이 책은 조금만 노력해서 읽으면 내용 파악하기에 큰 무리가 되진 않을 것이다. 만일 원서 읽기에 대한 두려움이 너무 크고 영어 실력이 왕초보이면 한글판을 먼저 읽고, 내용을 알아두자. 한글로 된 책으로 미리 내용 파악을 하고 원서로 읽게 된다면 부담감이 줄어들어 좀 더 수월하게 읽을 수 있다.

'누가 내 치즈를 옮겼는가?'(Who moved my cheese?)를 다 읽었다면 같은 작가의 책인 '선물'(The Present)를 추천한다. 이 책 또한 얇고 가벼운 책이며 내용이 단순하다. 한글판으로 인기를 얻었던 책이라 이미 내용을 알고 있는 경우가 많을 것이다. 이 두 권을 다 읽고 나면 자신감이 생길 것이다.

독서를 즐겨했거나 영어 실력에 대한 자신감이 있다면 액션, 미스테리, 스릴러 소설의 대가 시드니 셸던(Sidney Sheldon)의 소설을 추천한다. 오디오북도 쉽게 구할 수 있다. 그 중에서 '텔 미 유어 드림'(Tell me your dream)을 추천한다. 뜻밖의 반전이 있는 추리소설이다. 워낙 몰입도가 높은 책이라 한 번 읽게 되면 뒷 내용이 궁금해서 책을 놓을 수가 없다. 내용이 흥미로워 술술 읽기에 좋은 대니얼 스틸(Danielle Steel)의 소설도 좋다 '데이팅 게임'(Dating Game) '파리에서의 5일간'(Five days in Paris)도 추천한다. 소설의 비유적인 표현이 어렵고 분량이 길어 부담스럽다면 자기계발에도 도움이 되는 경제경영 도서들을 추천한다. 내용간의 흐름이 연결되지 않아도 내용파악이 되기 때문에 오히려 소설보다 쉬울 수 있다. 그 밖에 무궁무진한 흥미로운 원서들이 많이 있다. 각자의 취향과 수준에 맞게 잘 선별하여 공부하면 된다.

이번에는 원서를 활용하여 어떻게 공부를 해야 할지에 대해 이야기 해보도록 하겠다. 구체적인 원서 공부법을 소개하자면 우선 하나의 책을 한 번만 읽는다는 생각을 버리자. 효과적인 학습을 위해서 같은 책을 최소 2~3번은 반복해서 읽어야 한다. 처음 읽을 때는 사전을 찾지 않고 전체적인 흐름을 파악하며 대충 훑어본다는 생각으로 읽어본다. 눈으로 쭉 훑으며 글의 내용을 파악하는데 중점을 두고 구체적인 묘사나 어려운 문장은 완벽하게 분석하지 말고 넘어가도록 하자.

대부분의 경우 정확한 단어의 뜻을 모르더라도 앞뒤 문장의 맥락을 파악하며 읽다보면 내용파악이 가능하다. 그런데 간혹 "모르는 단어는 패스하고 훑어 읽으라 하셨는데 책 속에 거의 모든 단어를 모르겠는데 어떻게 하나요?"라는 질문을 하시는 경우가 있다. 책을 펼쳐서 80%이상의 내용이 파악이 안 되는 경우라면 수준을 낮춰 학습해야 한다. 앞서 소개한 책들의 절반 이상의 단어를 모르겠으면 좀 더 쉬운 '뉴베리 수상작'들을 추천한다. 아동문학상을 받은 작품들이다 보니 내용에도 깊이가 있고 교훈도 있을뿐더러 뉴베리 수상작들도 레벨이 천차만별이다. AR지수와 렉사일지수를 참조해 본인의 레벨에 맞는 책을 찾아보자.

AR(Accelerated Reader)지수란 미국의 초, 중, 고등학교에서 실제 사용하는 책 분류 기준으로 미국교과서로 텍스트의 난이도를 나타내는 지수이다. AR 1은 미국 초등학교 1학년 수준이고 AR 12는 고등학교 3학년 수준이다. 수능 영어의 지수는 AR 9.5 정도로 보면 된다.

AR북파인더 홈페이지 (https://www.arbookfind.com/)에 접속하여 책 제목을 검색하여 지수를 확인해 볼 수 있다. IL (Interest Level)은 흥미 지수로 LG: Lower Grade (K-G3) 유치원에서 초등학교 3학년, MG: Middle Grade (G4~G8) 미국 4~8학년, MG+: Upper Middle Grade (G6+) 6학년 이상. UG: Upper Grade (G9-G12) 9학년~12학년 으로 나뉜다. BL(Book Level)이 책 레벨이며 일반적으로 이야기하는 AR지수를 나타낸다. 사이트에서 검색하여 알아낸 AR지수를 참조하여 자신의 레벨에 맞는 책을 찾아볼 수 있다.

원서 읽기를 할 때 처음 한 번은 훑어읽으며 흐름을 파악한다는 생각으로 완독한다. 두 번째 읽을 때 모르는 단어나 분석이 안 되는 문장들을 형광펜과 색깔 있는 볼펜을 사용해 체크한다. 체크한 부분에 대해 책에 단어 뜻을 쓰거나 따로 노트에 정리를 해둔다. 처음 읽

었을 때 파악이 힘들었던 문장 구조가 복잡한 문장들도 색을 입혀 표시해 둔다. 어려운 문장의 경우 끊어 읽기를 시도해 보는 것을 추천한다. 복잡한 문장처럼 보이더라도 끊어 읽기를 통해 문장의 덩어리를 작게 만들면 해석이 편해진다. 문법 실력이 어느 정도 된다면 복잡한 문장들의 구조를 분석해보자. 끊어 읽기와 문장 구조 분석을 해 보면 말도 안 되게 길고 도통 의미가 파악이 안 되던 문장도 어느새 이해가 될 것이다.

아무리 분석을 하려해도 혼자서 도저히 이해가 안 되고 분석이 안 되는 문장도 존재한다. 그럴 경우 입으로 소리 내어 수십 번 읽어보자. 반복해서 소리 내어 읽다보면 어느 순간 나도 모르게 어떤 내용인지 파악되는 경험을 하게 된다. 그래도 파악이 되지 않는다면 한글판 책이 있는 경우 대조해보자. 혹은 그런 부분들만 모아 두었다가 인터넷 카페의 도움을 받거나 주변에 있는 영어 실력자의 도움을 받는 방법을 제안한다. 그렇게 꼼꼼하게 분석하며 단어를 찾아가며 두 번째로 읽게 되면 처음 읽을 때와는 다른 느낌이 들 것이다. 이미 전체적인 내용은 알고 있기에 뒷내용에 대한 궁금증은 없지만 지금 읽는 부분의 내용이 완벽히 파악되니 또 다른 재미가 느껴진다. 이렇게 두 번째로 완독을 끝내면 처음보다 더욱 큰 성취감이 느껴진다. 뭔가 대단한 것을 해낸 것만 같은 느낌이 들기도 한다.

이제 세 번째 읽기를 한다. 이때는 두 번째 읽기 때 미리 체크해둔 표현을 확인하며 눈으로 읽으면서 자연스러운 흐름으로 읽어본다. 제일 처음 읽었을 때와 비교해서 빠르고 수월하게 읽힌다는 것을 알게 될 것이다. 몰랐던 단어와 문장 구조를 다시 한 번 파악하게 되니 저절로 복습도 되고 머릿속에 더욱 잘 각인되는 효과도 있을 것이다. 훨씬 빠른 속도로 세 번째 읽기를 마무리하고 나면 정말 완독을 끝내게 된다, 생각만 해도 뿌듯함이 밀려오지 않는가?

여기에서 한 단계 더 나아가고 싶다면 '오디오북'을 활용하는 것을 추천한다. 오디오 북을 이용하여 원서 읽기를 통해 듣기 연습도 가능하다. 짬나는 시간에 틈틈이 계속 들어보고 시간을 할애해서 집중적으로 듣기 연습을 해보자. 세 번 정도 분석하여 읽어본 내용이기 때문에 귀에 쏙쏙 들어오는 경험을 하게 될 것이다. 오디오북을 들으며 쉐도잉 연습을 해보아도 좋다. 더욱 좋은 것은 성우 음성을 유심히 듣고 내가 직접 책의 내용을 낭독해보는 것이다. 큰 소리로 책을 읽어보자. 분석도 했고 내용도 다 알며 오디오북을 통해 단어의 발음도 파악이 되었기 때문에 따라 읽는 것이 힘들게 느껴지지 않을 것이다. 최대한 원어민의 발음과 유사하게 들릴 수 있도록 따라 읽어 보자. 한국인 특유의 웅얼거리는 발음으로 따라 읽지 않고 정확하게 또박또박 읽도록 하자. 이 단계 까지 마치면 원서 읽기를 백배 활용하여 공부를 하게 된 것이다.

혼자 읽는 것이 자신이 없다면 원서 읽기 스터디를 활용해보도록 하자. 나의 경우 유명한 자기계발서 경제 경영 도서를 원서로 읽으며 자연스러운 정독을 통해 내용을 곱씹을 수 있어 좋았다. '더 해빙'(The Having) 원서 스터디를 통해 스터디 멤버들과 함께 서로 단어와 표현을 정리한 내용을 공유했다. 책을 읽으며 이해가 안되는 어려운 구절은 함께 분석하기도 했다. 스터디 멤버와 함께 원서 읽기를 하니 자극도 되고 내용을 이해하는데 있어 시너지 효과가 생겼다. 단순한 영어 공부를 넘어 독서 토론까지 할 수 있었기 때문이다. 책에 소개되어 있는 돈에 대한 인식과 풍요에 대한 관점을 서로 이야기하는 과정을 통해 경제관념까지 생기게 되었다. 기회가 된다면 온라인이나 오프라인으로 스터디를 구성하여 읽기 연습을 하는 것을 추천한다.

소개한 방법들을 활용하여 원서 읽기를 통해 자신감을 쌓아보도록 하자. 원서 읽기는 읽기실력만 향상시키는 것이 아니라 듣기와 말하기 영역에도 도움이 된다. 모든 영역에 도움이 된다는 것을 생각하며 원서 읽기에 꼭 도전해보자. 원서 읽기의 또 다른 매력은 독서에도 도움이 된다는 점이다. 영어 공부를 위해 원서 읽기를 시작했지만 자연스럽게 책 읽기에 익숙해지는 효과도 볼 수 있다. 이처럼 매력적인 공부 방법을 지금 당장 시작해보도록 하자.

정리

첫 번째 읽을 때에는 사전의 도움 없이 흐름을 파악하며 읽어본다. (한두 페이지를 먼저 읽어보고, 80%이상의 단어를 아는 책으로 선정한다.)

두 번째 읽을 때에는 형광펜과 색깔펜을 활용해 단어의 뜻과 중요 표현을 체크한다. 어려운 문장의 경우 끊어 읽기와 문장 구조를 분석해 본다.

세 번째 읽을 때에는 두 번째 읽을 때 표시 한 부분을 참조하여 빠른 속도로 완독을해 본다.

오디오북을 활용하여 쉐도잉도 도전해본다. 읽기 실력에 더해 듣기 실력도 높이고 발음향상도 노려보자.

혼자 하기 힘들다면 원서 읽기 스터디 모임을 활용해보자.

<추천 원서 리스트>

영어 초보자

'선물'(The Present) '누가 내 치즈를 옮겼는가?'(Who moved my cheese) '개를 훔치는 완벽한 방법' (How to steal a dog) 등의 얇고 간단한 소설. '더 기버'(The Giver) '홀스'(Holes)등의 뉴베리 수상작들

영어 중상급자

대니얼 스틸(Danielle Steel) 의 '데이팅 게임' (Dating Game) '파리에서의5일' (Five days in Paris) '믿음의 도약' (Leap of Faith) 추천. 시드니 셀던 (Sidney Sheldon)의 '텔미유어드림'(Tell me your dream) '내일이오면' (If tomorrow comes) '천사의 분노' (Rage of angel)등 추천.

실용 경제경영 추천도서

'더 해빙'(The Having) '백만장자시크릿' (Secret of the Millionaire Mind) '아웃라이어'(Outliers) '데일카네기 인간 관계론' (How to win friends & influence people)

의지박약 엄마를 위한
영어 스터디 활용법

~~~~~

"If you want to go fast, go alone. If you want to go far, go together"
_African Proverb

"빨리 가고싶다면 혼자가세요. 멀리가고 싶다면 함께 가세요"
_아프리카 속담

제법 영어 공부에 습관이 붙었고 영어 실력도 향상되는 것이 느껴졌을 무렵이었다. 내가 보기에도 발음이 좋아졌음이 느껴졌고, 표현력도 풍성해져 전화 영어로 선생님과 다양한 주제로 깊은 대화를 나누기도 했다. 특히 한국의 교육 시스템에 대해 이야기할 때 수능에 대한 생각을 공유했더니 선생님께서 너무 흥미롭게 생각해주었다. 어떤 수업에서는 일에 대한 나의 마음을 털어놓고 선생님께 위로를 받기도 했다. 처음 영어 공부를 다시 시작했을 때는 상상도 하지 못한 일이었다. 틀릴까봐 두려워 말하기가 두려웠던 나였으니까. 이정도면 많이 발전했구나 싶었는데 갑자기 영어 공부의 슬럼프가 찾아와 버렸다.

운전할 때 팟캐스트 듣는 습관은 계속 유지했지만 조금씩 흥미가 떨어졌고 게으름을 피우게 되었다. 단순히 듣기만 했지 쉐도잉을 할 마음이 생기지 않았다. 원서 읽기도 뜸해져 책 표지에 먼지가 쌓여갔다. 다시 한 번 공부를 위한 자극이 필요한 순간이 왔다.

무엇이 문제가 되었나 생각해보니 혼자 공부하는 것이 지루해서 슬럼프가 찾아왔다는 생각이 들었다. 사람 만나는 것을 좋아하고 이야기하는 것을 좋아하는 나의 성격상 혼자 공부하는 것에 한계가 있었던 것이다. 누군가와 함께 자극을 받으며 공부해보는 것이 도움이 될 것 같았다. 대학생 시절에도 영어 스터디 모임을 통해 많은 효과를 보았기에 엄마 영어 스터디를 조직해볼까? 라는 아이디어가 떠올랐다. 스터디를 통해 서로에게 긍정적인 자극이 될 수 있고 어느 정도의 강제성이 부여되어 지금보다 긴장감 있게 공부를 할 수 있을 것 같았다. 그런 마음으로 엄마의 영어 공부를 위한 스터디 '맘스 잉글리쉬'가 탄생했다.

스터디 멤버는 이미 알고 있는 엄마들과 그들의 지인들로 구성되었다. 카톡방을 개설해서 거기에 서로의 공부를 인증하는 방식이었다. 매일 각자의 영어 공부를 사진 찍거나, 채팅창에 글로 쓰고 녹음 파일을 올리는 방식으로 인증했다. 정해진 틀이나 규정은 없었다. 다만 매일 자기만의 공부를 자유롭게 인증하면 되었다. 어떤 멤버는 미라클 모닝을 실천하기 위해 새벽 기상을 인증하기도 했다. 자꾸 인증 사진을 보다 보니 나 또한 미라클 모닝에 관심이 갔고 새벽 기상을 통해 아침 시간을 효율적으로 활용하고 싶다는 생각이 들었다. 서로에게 긍정적인 자극이 되었던 것이다. 쉐도잉 파일을 업로드하는 멤버도 있었다. 그 파일을 듣고 서로의 발음에 대해 피드백을 해주었고 놓쳤던 부분을 확인할 수 있었다. 원서 읽기를 하는 멤버의 경우 인상 깊은 구절을 소개해주었고 이를 통해 책 속의 좋은 구절까지 읽을 수 있는 기회가 되었다. 영어 공부로 시작한 모임인데 사고의 확장까지 가능했다.

꼭 엄마들을 위한 스터디 모임이 아니어도 괜찮다. sns에서 서로의 공부 인증 피드를 보며 응원하는 분들을 모아 공부 인증을 하고 함께 공부 계획을 짜는 스터디를 조직해 보는 것도 좋다. 나의 경우 같은 영어 강사들과 함께 영어 회화 스터디를 하게 되었다. 일상생활에 유용한 표현이 많이 실려 있는 책을 선정해서 공부하는 방법이었다. 공부하는 방법은 각자에 맞게 자유롭게 선택했다. 영어 회화를 위한 스터디였기에 책의 문장들을 여러 번 읽고 반복해서 따라 읽은 뒤 녹음한 파일을 올리는 방식으로 진행되었다. 스터디라는 틀이 생기고 매주 인증해야 한다는 목표가 생기니 꼬박꼬박 녹음을 하게 되었다. 처음에는 내 목소리를 녹음해 다른 사람에게 보낸다는 자체가 쑥스럽고 부끄러웠다. 심지어 녹음을 하는데 떨려서 두근거리기까지 했다. 처음이 힘들어 그렇지 자꾸만 하다 보니 자연스럽게 녹음을 해서 올리게 되었다. 서로의 파일을 듣고 발음을 들어보며 피드백을 해주고 헷갈렸거나 힘들었던 부분에 대해 토의하기도 했다. 내가 녹음한 파일을 다른 분이 들으며 공부했던 부분을 복습하신다는 말에 힘이 나기도 했다. 나 또한 그분의 이야기를 듣고 열심히 공부한 뒤 다른 분의 녹음 파일을 들으며 표현을 점검하니 너무 좋았다. 좋은 복습이 되었고 다시 한 번 표현을 익힐 수 있었기 때문이다.

일상 회화나 단순 공부 인증의 스터디뿐만 아니라 다른 스터디 그룹을 활용하기도 했다. 원서 읽기의 매력에 빠져 있던 중 원서 읽기를 위한 스터디에 가입했다. '더 해빙'(The Having)이라는 책을 읽고 역시 공부 내용을 인증하고 책 내용에 대해 토론을 하는 스터디였다. 이 스터디의 멤버는 다양한 연령과 환경의 사람들로 구성되었다. 미국에서 간호학을 전공하는 대학생, 한국에서 영어를 가르치는 강사들, 미국에 거주하는 영어 강사, 미국에서 사업을 하는 사업가 등 다양한 분들이었다. 이런 다양한 분들과 교류를 하며 원서 읽기 공부에 대한 이야기를 나누다 보니 좀 더 꾸준히 공부가 가능했다. 귀찮고 피곤해서 책 읽기가 싫어질 때쯤 스터디 맴버가 내가 아직 읽지 않은 부분을 인증해 버리면 나도 왠지 읽어야만 할 것 같아 책을 집어 들고 읽기도 했다. zoom을 활용해 이 분들과 함께 모여 해당 원서에 대해 토의하기도 하고 인상 깊었던 부분을 공유하기도 했다. 감명 깊었던 구절을 공유하다 보니 단순한 영어 공부뿐만 아니라 마인드 세팅에도 도움이 되었다. 영어 공부를 통해 더욱 넓은 세계를 접하고 다양한 인맥을 쌓을 수 있었던 것이다.

이런 식으로 스터디를 통해 공부를 지속하는 힘이 생겼고 서로에게 시너지 효과를 만들어 낼 수 있었다. 지금 우리가 하는 공부는 고시를 준비하는 것도 아니고 자격증을 준비하는 것도 아니다. 정말 말 그대로 취미로, 자기계발로 하는 것이다. 내 삶을 좀 더 풍요롭게 만들어주는 공부이다. 이런 공부를 위한 스터디를 한다고 해서 당신의 생활에 부담이 되거나 고통을 주는 일은 없을 것이다. 혼자 공부하며 혼자 해내는 길은 외롭고 어렵다. 하지만 나와 비슷한 누군가와 함께 한다면 좀 더 쉽게 그 길을 갈 수 있다. 스터디라는 말에 겁을 먹지 말고 활용해보는 것을 추천해본다. 혼자 공부하다 지친 당신이라면 스터디모임을 주최해 보는 것은 어떨까? 서로를 동기부여 해주며 자극이 되는 존재가 되어 윈윈하는 관계로 발전하게 될 것이다.

5장

삶을
바꾸는
맘스 잉글리쉬의
기적

영어 공부에
늦은 때란 없다

~~~~~

"You are never too old to set another goal or to dream a new dream."
_C.S Lewis

"당신은 다른 목표를 설정하거나, 새로운 꿈을 꾸기에 결코 늦지 않았습니다."
_클라이브 스테이플스 루이스, 『나니아 연대기』의 저자

일반적으로 영어를 공부하기에 최적의 시기는 빠르면 빠를수록 좋다고 생각한다. 어릴수록 새로운 내용을 스펀지같이 흡수하기 때문에 언어 또한 학습 효율이 높고 발음도 유창해진다고 생각하며 조기 교육열이 높다. 이러한 생각을 뒷받침 하는 언어 학습에 대한 '결정적 시기' 가설 (critical period hypothesis,CPH)이 있다. 1967년 미국의 언어학자 에릭 레너버그 교수가 '언어의 생물학적 기초'에서 언급한 이론으로 언어 습득에는 결정적 시기가 있다는 언어학 및 심리학 가설

이다. 그는 일정 시기가 지나면 절대적인 언어 능력을 쌓을 수 없다고 주장하며 그 시기를 사춘기(12세)로 잡는다. 사춘기 시기가 지나면 원어민과 같은 발음과 억양으로 유창한 영어를 구사하기 힘들다고 가정한다.

최근 이러한 이론은 반박되고 있다. 영어 교육으로 유명한 이보영 씨도 《이보영 선생님 우리 아이 영어 어쩌죠?》저서에서 결정적 시기 가설은 모국어 학습을 기반으로 한 이론일 뿐 제2외국어의 경우 절대적이지 않다고 이야기한다. 학습의 시기보다 학습에 대한 뚜렷한 목표와 영어에 대한 긍정적인 기억과 성취감이 있다면 효율이 더 클 것이라 이야기 한다. 그밖에 다른 학자들도 이 이론에 대한 반발이 거세다. 성인이 된 이후 이민을 갔거나 본격적으로 외국어 학습을 하여 유창한 실력을 갖게 된 경우가 많이 생겨났기 때문이다.

그러나 여전히 영어 학습의 시기에 대해 오해를 하고 있는 경우가 많다.

"영어 공부는 일찍 시작할수록 좋다는데 지금 제 나이가 30대 후반인데 지금 시작하기에는 너무 늦은 것 아닌가요?"라고 물어보는 분이 있었다. 거기에 대한 답변으로 생텍쥐페리의 말을 인용해 보겠다. 'The time for action is now. It's never too late to do someth ing.' (지금이 바로 실행을 할 때입니다. 무언가를 하는데 있어서 늦은 때는 없습니다.) 영어 공부를 꼭 학창시절에 해야 한다는 법이 없고 일찍 시작해야 영어에 능통해진다는 법도 없다. 영어 학습의 시기에 있어 언제(When)가 중요한 것이 아니고 어떻게(How)가 중요한 것이다. 영어 공부를 시작해 야하는 마음을 먹었다면 최적의 시간은 바로 지금이다!

　인기리에 방영된 드라마 《미스터 션샤인》에서의 이병헌의 능통한 영어 실력을 보았는가? 그는 어린 시절부터 꾸준히 공부한 것이 아니라 그가 연기자로 성공한 뒤 해외진출을 준비하며 영어 공부를 시작했다. 늦게 시작한 공부라고 믿을 수 없을 만큼 그의 발음과 표현력은 너무나 자연스럽고 원어민같이 들리기도 한다. 이 모든 결과는 불같은 노력으로 일구어낸 것이다. 할리우드 영화에 출연한 월드스타 비의 수준급의 영어 실력 또한 유명하다. 비 또한 어릴 때부터 영어 교육을 꾸준히 받아온 것도 아니고 원래 영어를 잘 한 것도 아니었다. 피나는 노력의 결과로 지금의 영어 실력을 갖추게 된 것이다. 이들 모두 다소 늦은 나이에 공부를 시작해서 피나는 노력 끝에 지금의 실력을 거둔 것이다. 이들의 예시를 보니 편견이 사라지지 않는가? 어린 시절부터 영어를 공부하지 않으면 발음이 굳고 실력 향상이 어려울 것이라는 생각은 이제 버리자.

혹자는 이야기 한다. 연예인들은 남들보다 뛰어난 재능이 있어서 가능한 것이라고 혹은 그들은 돈이 많아 좋은 교육을 받았기에 영어 공부에 성공한 것 같다며 의문을 품는다. 그러면 이번에는 평범한 할아버지가 원어민급의 영어를 구사한다면 믿을 수 있겠는가?

2009년 KBS 다큐 '영어완전정복'에 나온 김종원 할아버지가 바로 그 주인공이다. 60대의 연세에도 발음도 좋으시고, 자연스러운 제스처도 사용하시며 외국인들과 대화를 나누신다. 할아버지의 대화를 들어보면 누가 보아도 상급 수준의 영어 실력을 갖고 계신다. 더욱 놀라운 사실은 할아버지가 초등학교 5학년까지 공부하시다 중퇴하셨고 오랜 기간 학습을 하지 않으셨다는 것이다. 늦게나마 영어 공부를 하시게 되었는데 남모를 노력을 엄청 하셨다. 가장 즐겨보는 티비 프로그램이 CNN뉴스라고 말씀하시고 CNN뉴스를 보며 그 자리에서 바로 동시통역이 가능한 모습을 보여주신다. 일상생활에서도 혼잣말로 중얼거리며 영어 회화 연습을 하신다. 정말 미친 듯이 영어 공부만 했다고 인터뷰에서 말씀하셨다. 할아버지의 영어 실력이 쉽게 만들어진 것이 아니란 것이다. 하지만 이를 통해 우리는 늦은 나이에 영어 공부를 시작하더라도 성공할 수 있다는 것을 알 수 있다.

유명한 연예인들 및 김종원 할아버지의 사례를 통해 느낀 점이 있지 않는가? 영어 공부를 위한 최적의 시기는 없다는 것이다. 내가 마음먹은 바로 그 순간이 최적의 순간이 될 것이다. 당신의 경우 바로 지금 영어공부를 시작해야할 때이다. 그리고 이번에는 정말! 기필코! 영어를 정복해보겠다는 마음으로 공부를 해보자. 마음만 먹고 시도는 안했거나 공부를 해 보려 해도 막막하여 며칠 만에 그만두었다면 더욱 지금이 기회이다. 머릿속에 영어 공부에 대한 목표를 설정하고 유창한 실력을 갖게 된 내 모습을 상상해 보자. 목적의식 없이 의무감으로 공부하려 하면 답답하고 재미없게 느껴질 수 있다. 하지만 구체적인 청사진이 있다면 설레는 마음으로 접근하게 된다.

이번 기회에 영어를 정복하여 외국인들과 자유롭게 대화를 나누고 세계정세에 대한 기사를 영어신문으로 읽어보자. 길에서 우연히 마주친 외국인에게 도움을 제공해주고 그와 교류하는 모습을 그려보자. 내 아이와 함께 해외여행을 떠나 자유롭게 영어를 구사하는 모습을 보여주자.

자유여행을 계획하여 공항에서부터 숙소에 도착해서 그리고 여행지에서 내가 짠 계획대로 실행하며 내 가치를 증명해보자. 물론 이 모든 것이 하루아침에 이루어지는 것은 아니다. 하지만 특별한 능력을 가진 사람만 영어를 잘 하는 것이 아니라 어떤 누구나 모두가 영어를 잘 할 수 있다. 똑똑하지 않아도 특별히 언어적 감각이 있지 않아도 누구나 출중한 실력을 갖출 수 있다. 지금 이 순간 마음먹은 대로 공부를 지속해 나가면 가능하다. 영어 공부를 습관으로 굳히기 위해서 가장 중요한 것은 언어 감각이나 뛰어난 두뇌가 아니다. 정말 필요한 것은 목표와 의지이다. 하고자 하는 의지가 뚜렷하다면 어떤 방해 요소가 와도 넘어가지 않고 밀어붙일 수 있다. 확고한 목표와 의지를 갖고 새로운 도전을 향해 삶을 이끌어나가 보자.

시작은 영어 공부,
끝은 독서

〰️

"I really had a lot of dreams when I was a kid,
and I think a great deal of that grew out of the fact that I had a chance to read a lot."
_Bill Gates

"나는 어릴 때 정말 많은 꿈이 있었고,
그 꿈의 대부분은 많은 책을 읽을 기회가 많았기에 가능했다고 생각한다."
_빌 게이츠, 마이크로소프트의 창업자

영어 공부는 언어 공부이다. 영어를 통해 외국어를 배우는 것뿐만 아니라 우리나라 언어에 대한 감각도 커진다. 영어를 자연스럽게 접하고 영어 공부가 내 삶의 일부가 되면 자연스럽게 한글에 대한 관심도 커지고 한글 독서에 대한 필요성도 느낀다. 열심히 영어로 쉐도잉 연습도하고, 말하기 연습도 하며 영어신문도 읽고 원서 읽기도 하게 되었다.

　그런 과정에서 원서 읽기를 했더니 같은 책의 한글판도 읽고 싶어진다. 혹은 내가 읽은 원서와 관련 도서를 읽어보고 싶은 생각이 든다. 그런 호기심에 자연스럽게 독서를 접하게 된다. 나 또한 영어신문을 읽다보니 최근 이슈와 관련된 심층적인 내용이 궁금해졌고 한글로 된 기사를 찾아보게 되었다. 그렇게 글을 자꾸 읽다보니 독서가 편하고 재미있게 느껴졌다. 나도 모르게 독서를 습관화하여 틈날 때마다 글을 읽게 되었다. 전자책을 활용하면 여러 권의 책을 간단히 휴대할 수 있어 짬짬이 책을 읽기에 좋다. 한 번씩 정말 흥미진진한 책을 쥐게 되면 나도 모르는 사이 새벽까지 다 읽고 잠들기도 했다. 그렇게 영어 공부와 함께 독서가 취미가 되었다. 영어 공부를 시작했는데 독서까지 몸에 배이게 된 것이다.

이해성 저자의 《1등의 독서법》에서 독서는 뇌를 리빌딩한다고 한다. 저자는 운동으로 근육을 발달시키듯 독서로 뇌 근육을 발달시킬 수 있다고 한다. 인간의 뇌는 1분에 1만 가지의 정보를 이해하고 처리하는데 이러한 정보 처리의 패턴은 각각 다르다고 한다. 즉 같은 상황을 받아들이고 반응하는 것이 사람마다 다르다는 것이다. 독서는 이러한 뇌의 정보 처리 회로를 바꾸어 주어 우리의 뇌를 리빌딩하고, 운명도 리빌딩한다고 주장한다. 이렇게 독서를 통해 삶이 바뀔 수 있다는 것이 과학적으로 입증되었다.

나는 인생에서 흔들릴 시기가 오거나 큰 결정을 앞두고 있을 때마다 책을 쌓아두고 책에서 답을 찾곤 했다. 하지만 출산 후, 육아 전쟁의 대열에 합류하고 나서는 그게 쉽지 않았다. 우선 책을 읽을 여유 시간이 나지 않았다. 막상 시간이 나더라도 자고 싶고 멍하게 앉아 있게 되었다. 이상하게 아무것도 하지 않고 멍 때리는 시간이 행복하게 느껴졌다. 현실이 지치고 피곤해서 그런지 여유시간 자체가 너무나 소중했던 것 같다. 그 여유시간을 독서하는데 할애할 생각은 엄두도 못 했던 것이다. 그래서 이 습관을 잡기까지 시간이 꽤 걸렸다. 조금 힘든 과정이긴 했지만 가능하다. 절실한 마음만 있으면 누구나 해낼 수 있다. 처음에는 책 보기가 힘들다면 조금 짧은 책이나 쉽게 읽히는 책부터 시작하도록 하자. 어느 순간 나도 모르게 몰입되어 시계를 보면 시간이 훌쩍 가 버리는 경험을 하게 될 것이다.

독서를 생활화하게 되면서 얻게 되는 것들이 많았다. 육아하며 일하느라 힘들다는 말을 달고 살았고 불평불만이 많았던 나인데 책속에 정말 길이 있었다. 책을 읽으며 새로운 마인드를 함양할 수 있었다. 책 속에서 하나같이 강조하는 것이 '감사'였다. 물론 틀에 박힌 식상한 이야기라 치부하며 누군가는 무시하고 지나칠 수도 있다. 같은 책의 수많은 평들이 엇갈리는 이유이기도 하다. 같은 책을 두고도 어떤 사람들은 최고의 책이고 인생을 바꾸어준 소중한 책이라고 하고 어떤 사람은 내용의 알맹이가 하나도 없는 텅 빈 책이라고 평가한다. 이러한 이유는 아는 만큼 보이는 것이 아닐까 싶다. 단순하고 기본적인 진리이지만 그것을 알고 실천해나가는 사람은 드문 법이니까 말이다.

나에게는 '감사하기'에 대한 책들이 큰 영향력을 주었다. 평범한 삶을 감사하기를 통해 특별한 삶으로 변화 시킨 사람들의 사례를 보며 감동을 느꼈다. 그러고 보니 나는 정말 행복한 사람이었다. 결혼도 했고, 아이도 생겼고, 건강하고 행복한 가족을 꾸려나가며 나의 커리어도 잘 쌓고 있었다. 그런 내가 왜 힘들다는 핑계로 내 삶에서 부정성만 발견하고 있었을까 반성하게 되었다. 그때부터였던 것 같다. 내 삶에서 얻은 것들을 너무 당연하게 여겨 감사함을 잊고 살았던 나를 반성했다. 평범한 일상 속에서 감사한 점들을 발견해보려 노력했다. 영어로 감사 일기도 써보았다. 생각보다 사소한 부분들까지 감사할 이유가 충분했다. 어느 날은 진심 어린 감사를 통해 감동에 벅차올라 가슴이 뜨거워지기도 했다. 이것은 정말 경험해 본 사람은 이해할 수 있는 부분일 것이다. 이러한 과정에서 내 삶이 점점 더 긍정적인 방향으로 흘러가게 되었다.

예전에는 알 수 없는 불안감에 점쟁이도 찾아가 보고, 말을 잘 들어주는 친구에게 조언을 구하기도 했다. 그 순간에는 조금 마음이 위안되는 것 같고 편안해지는 것 같았지만 시간이 지나면 다시 원점이었다. 그 이유는 내가 듣고 싶은 말을 조금 듣고 편해지는 것 같아도 그러한 것들이 겉핥기식이었을 뿐 근본적인 치유를 하지 못해서였다. 책을 읽으면서 근본적인 치유가 가능해졌다. 자꾸 불안했던 데에는 반드시 이유가 있었다. 책에서는 그 불안감을 다스려주는 방법도 제시해주었고 내 마음을 공감해주는 구절을 통해 위안도 많이 얻을 수 있었다.

혼자만의 시간을 오롯이 평온하게 나만을 위해 사용하다보니 오히려 외로움을 극복할 수 있는 계기가 되었다. 꼭 누군가가 곁에 있어줘야 위안이 되고 안심이 되는 것이 아니었다. 내 마음을 단단히 잡아줄 수 있는 건 바로 '나' 자신이었다. 내가 단단해지니 다른 사람에게 의존했던 마음이 조금씩 사라졌다. 점점 나 자신을 돌보게 되었고 내 몸을 소중하게 여기고 대하게 되었다.

과거에는 멍하게 앉아 아무 생각 없이 텔레비전만 보고 영양가 없는 인터넷 서핑만 했었다. 하지만 이제 태블릿을 손에 들고 전자책을 읽게 되었다. 집중력이 떨어질 때는 술술 읽히는 쉽게 쓰인 책을 선정하여 읽었다. 시간이 늦었는데 잠이 오지 않을 때는 침대에 누워 전자책을 들고 미리 목록에 넣어둔 책들을 읽다보면 나도 모르게 잠이 들었다. 독서할 시간을 정해두지 않아도 자연스럽게 독서가 생활 속에 자리 잡혔다.

아이를 키우며 내 자신이 없어진 것만 같고 자꾸만 잘못하는 것 같아 죄책감에 사로잡혔던 나였다. 그랬던 내가 영어 공부를 통해 책 읽기를 가까이 할 수 있었다. 다양한 독서를 통해 마음을 새롭게 바꿀 수 있었다. 외부 자극에 흔들리지 않고 단단해질 수 있게 내면의 힘을 단단히 다지려 나는 오늘도 책을 읽는다.

맘스 잉글리쉬,
억지로 배우지 말고 즐겨라

〰️

"If you don't like something, change it.
If you can't change it, change your attitude."
_Maya Angelou

"무언가 마음에 들지 않는다면 바꾸세요,
바꿀 수 없다면 당신의 태도를 바꿔보세요."
_마야 안젤로, 미국의 시인이자 작가, 배우

지금까지 영어 공부에 대한 이야기를 하면서 가장 강조했던 점이 있다. 바로 '무리하지 말고 즐기며 공부하라.'이다. 우리가 수험 생활을 하며 입시를 준비하는 학생도 아니고 반드시 자격증을 따서 승진을 준비하는 입장이 아니라면 굳이 힘들게 공부할 필요가 없다는 것이다. 물론 열심히 공부하는 것을 비판하려는 것은 아니다. 열심히 노력하는데 나쁠 게 있겠는가? 하지만 문제는 그렇게 노력하다 중간에 지쳐 포기하게 될 수도 있다는 것이다. 영어를 반드시 공부하겠어!

엉덩이를 붙이고 단어를 외우고 사전을 찾고 다 뜯어 먹어보겠어! 이런 마음으로 공부하다 보면 며칠 혹은 몇 주간은 의지를 불태우며 가능할진 몰라도 중간에 피치 못할 사정이 생기거나 하루 이틀 쉬다 보면 나도 모르게 공부했던 것을 접게 되고 흐지부지 없던 일로 되어 버린다.

영어 공부를 다시 시작할 때 발음 공부에 욕심을 냈다. 처음에는 발음을 전문적으로 가르쳐주는 온라인 강좌를 수강했다. 1~2주 정도 영상을 보고 따라해 보았지만, 재미가 없었다. 입의 구조와 혀의 위치를 분석하는 학문을 배우는 것 같았다. 발음의 원리와 언어적인 구조를 아는 데는 도움이 되었다. 문제는 발음 실력이 크게 차이가 없었다는 것이다. 발음에 치중한 수업이다 보니 문장 표현력의 부분에서도 효과가 없었다. 다음 대안으로 파닉스와 비슷한 모든 발음 기호를 연습하는 수업도 수강했다. 이것은 쌍방향 수업이었다. 선생님의 설명을 듣고 그와 똑같은 소리를 내어야 했다. 내가 하는 발음을 듣고 선생님이 틀린 부분을 교정해 주었다. 영어의 모든 자음과 모음의 발음을 배웠다. 혀의 위치와 소리를 내는 방법 등을 가르쳐 주었다. 같은 소리가 나지 않으면 그 소리가 날 때까지 반복적으로 가르쳐 주었다. 최대한 원어민의 발음 소리와 가까우면 통과하는 식의 수업이었다. 이 수업을 통해 책 속에 쓰여 있는 단어의 발음은 원어민

비슷하게 소리 낼 수 있었다. 그 당시는 도움이 되었지만 지나고 나니 기억이 잘 나지 않았다. 게다가 이 수업도 발음에 치중하기 때문에 전반적인 영어 표현력은 전혀 향상되지 않았다. 무엇보다 발음만 계속 연습하다 보니 재미가 없었다. 선생님과 개인적인 이야기로 소통을 하고 싶었지만 그럴 수도 없었다. 결국은 고민 끝에 이 수업 또한 중지하게 되었다. 두 수업 모두 끝까지 계속 지속하지 못한 이유는 동일 했다. 발음을 너무 '공부'한다는 생각으로 접근해서 재미가 없었던 것이다.

마음을 바꾸어 재미있게 즐기며 영어를 학습하는 측면으로 접근해 보았다. 그랬더니 상황은 달라졌다. 선생님의 강의를 받아쓰고 복습하고 하루 종일 소리연습만 하던 학습은 접어두었다. 대신 쉐도잉을 해보았다. 결론부터 이야기 하면 쉐도잉을 통해 발음이 많이 향상되었다. 사실 발음 강좌들의 수강료는 결코 저렴하지 않았다. 돈을 내고 수강한 것보다 공짜로 공부한 쉐도잉이 발음에 더 효과적이었던 것이다.

쉐도잉 연습을 한다고 해서 처음부터 컴퓨터로 LLN이나 LLY를 활용하여 쉐도잉을 하진 않았다. 공부라는 생각을 하지 않고 중간중간 남는 시간을 활용해 쉐도잉을 연습했다. 예를 들면 잠깐 볼일 보러가는 이동 시간을 활용하여 팟캐스트 하나를 듣고 들리는 대로 따라 말해보았다. 생각보다 재미있었다. 따라 읽는 과정도 재미가 있었고 콘텐츠의 내용을 알아듣는 재미도 생겼다. 그러면서 자연스럽게 출퇴근 시간에 팟캐스트 쉐도잉 하는 것이 습관이 되어버렸다. 이제는 하지 않으면 허전할 정도이다. 처음에는 웅얼거리며 따라했다면 요즘에는 아주 큰 소리로 따라 하게 된다. 내가 말하는 목소리를 내 귀로 직접 들어야 발전이 있다. 내 발음을 듣고 원어민의 발음도 들으면 비교가 된다. 내 발음에서 어떤 부분이 잘 안 되는지 확인이 되기 때문에 큰 소리로 할수록 효과가 좋다. 크게 따라 읽다보면 나도 모르게 스트레스 해소가 되었다. 퇴근길 쉐도잉을 통해 일하다 받은 스트레스도 날려버렸다. 거기에 더해 영어 학습도 할 수 있어 나에게는 좋은 습관이 되었다.

이렇게 쉐도잉 연습이 자연스러워 지고 나서 LLN과 LLY를 활용하여 더욱 심도 있게 쉐도잉 연습을 했다. 이것 역시 부담감을 느끼지 않고 재미있게 연습했다. 특히 LLY의 경우 평소 관심 있었던 주제에 대한 서양의 관점을 알 수 있어 흥미로웠다. 팟캐스트 채널을 활용하여 자기계발에 관한 마인드 셋에 관한 채널을 들으며 내면을 다지는데 도움이 되었다. 뷰티 관련 채널을 통해 뷰티 루틴과 팁에 대한 정보를 얻을 수 있어 그 재미도 쏠쏠했다.

　LLN를 활용해 미드나 영화의 내용으로 쉐도잉을 연습하며 원어의 대사를 그대로 받아들이게 되니 더욱 즐기며 공부하게 되었다. 이러한 과정이 힘들게 '공부를 한다.'는 느낌보다 '재미있어서 한다.'로 되었던 것이 가장 핵심이었다. 만약 이러한 방법을 공부라고 생각하고 부담감을 느끼며 억지로 하게 되었다면 지금까지 지속하는 것이 힘들었을 것이다. 하지만 습관적으로 텔레비전을 보고 인터넷 서핑을 하듯 쉐도잉 또한 나에게는 그러한 재미있는 습관이 되다보니 전혀 부담스럽게 느껴지지 않았고 편안한 공부 방법으로 자리 잡게 되었다.

　나의 경우에 그랬던 것이고 사람마다 자기에게 맞는 방법은 다 다르다. 누군가에겐 쉐도잉이 재미가 없고 지루하게 느껴질지도 모른다. 그러면 다른 방법으로 시도를 하면 된다.

　케이크(Cake)앱을 활용하여 다양한 콘텐츠에서 나온 핵심 표현들을 따라 읽고 정리해보는 것이 재미있을 수 있다. 그러한 작은 성취감을 즐기는 사람도 있기 때문이다. 혹은 독서를 좋아한다면 원서 읽기를 통해 재미를 느낄 수 있다. 한 권을 다 읽었다는 것에 정말 큰 성취감을 느낄 수 있기 때문이다. 음악을 좋아한다면 팝송을 통해 접근하는 것도 쉽게 입문할 수 있는 방법 중 하나이다. 어떠한 방법으로 접근을 하든지 가장 부담이 없고 편안하고 재미있게 느껴지는 방법을 선택하자.

그러한 방법을 찾았다면 습관 형성을 위해 매일 꾸준히 노력해보자. 부담감이 없는 방법을 선택했기 때문에 매일 실천하는 것이 크게 힘들게 느껴지지 않을 것이다.

우리의 목표는 단기적인 것이 아니다. '한 달 만에 영어 정복' '3달 만에 영어 완성' 등의 상술에 속지 말자. 그러한 일은 가능하지도 않을 뿐더러 지치게 만들기 쉽다. 뛰어난 영어 실력을 겸비한 통번역 전문가들도 매일 공부를 거르지 않고 실력 향상을 위해 애쓰는데 어찌 한 달 혹은 두세 달 만에 영어 실력이 완성될 수 있단 말인가? 우리는 이러한 조급함을 조장하는 말에 속지 말고 천천히 느긋하게 공부하자. 이번 공부를 통해 새로운 습관을 삶의 일부로 자리 잡아 건전한 생활 습관을 만들고 그로 인해 긍정적인 효과가 따라 오게 만드는 것이다. 그러다 보면 어느새 자연스레 영어가 내 생활의 일부가 될 것이고 실력도 자연스럽게 따라 오게 된다. 나도 모르는 사이 갑자기 실력이 쑥쑥 향상되는 것을 느낄 수 있다.

작은 성취감을
먼저 느끼자

～～～

"Start by doing what's necessary,
then what's possible, and suddenly you are doing the impossible."
_St. Francis of Assist

"꼭 필요한 일을 하는 것으로 시작하세요. 그 다음 가능한 것을 하세요. 그러면 갑자기 당신은 불
가능해 보였던 것을 하고 있을 거예요."
_아시시의 성 프란체스코

영어 공부를 하는데 가장 큰 포인트는 꾸준함이다. 이 꾸준함을 지
속하기 위해서는 재미가 있어야 한다. 억지로 하다가는 반드시 중도
에 그만두게 되기 때문이다. 재미를 느끼기 위해서 스스로 성취감을
맛보아야 한다. 이러한 원리는 수년간 학생들을 가르치며 터득한 노
하우이다.

한창 예민한 사춘기 학생들, 혹은 어린 초등학생들의 경우 영어 공
부에 흥미가 하나도 없고 영어를 싫어하는 상태로 오는 경우가 간

혹 있다. 그러한 아이들도 몇 시까지 나와 공부하다보면 숙제도 알아서 챙겨오고 열심히 진도를 맞추려고 노력한다. 이러한 태도를 만들어 내는 비법이 있다면 아이들이 스스로 성취감을 느끼게 하여 재미를 맛보게 하는데 있다. 다소 쉬울 수 있는 기초적인 부분부터 차근차근 다져주며 무한한 칭찬과 신뢰를 줄 때 싫어하는 아이는 한 명도 없다.

그렇게 본인도 할 수 있고 영어가 어렵지 않다는 점을 알게 되면 그때부터 무서운 속도로 따라가 일취월장하는 아이들을 많이 보았다. 우리 엄마들의 경우도 마찬가지이다. 너무 큰 목표를 세워 억지로 힘겹게 공부하지 말자. 그러기보다 목표를 세부적으로 잘게 쪼개어 부담감을 낮추어 보자. 잘게 쪼갠 목표를 달성하는 것은 어렵지 않다. 그러한 세부 목표를 달성하며 차근차근 성취감을 맛보면 영어 학습에 대한 흥미가 생길 뿐더러 오랫동안 밀고나갈 수 있는 끈기도 생긴다.

작은 성취를 느끼기 위해서는 최소한 하나의 공부법이 어느 정도 완성 될 수준까지 버텨야 한다. 예를 들어 원서 읽기의 경우 처음에는 흥미롭게 읽다가 중간쯤 흐지부지 포기해버리는 경우가 많다. 원서를 통해 영어 공부를 하고 싶다면 핵심은 완독하는 것에 있다. 한 권을 다 읽었다는 뿌듯함과 성취감은 참으로 대단하다. 다른 누군가의 인정을 바라는 것이 아니고 내 자신이 그걸 알기에 그러한 감정이 오는 것이다.

계속 강조하지만 처음부터 욕심내지 말고 실천할 정도로 범위를 잡아 공부를 해보도록 하자. 두껍고 심오한 내용을 담은 책 보다 쉽고 간단한 책을 읽자. 우선 한 권을 완독하게 되면 그때의 성취감이 곧 자신감이 된다. 원서 한 권을 다 읽었으니 나도 제법 실력이 있겠는데? 좀 더 두꺼운 책으로 도전해볼까? 혹은 이번에는 영화 한 편을 자막 없이 보고 쉐도잉을 해볼까? 라는 새로운 목표도 떠오를 수 있다. 앞 장에서 소개한 추천 도서도 좋고 그 책들이 부담스럽다면 아동용 소설도 괜찮다. 어린이들을 대상으로 한 아동 도서는 문장도 깔끔하고 읽기 편하다. 내용마다 교훈도 담겨져 있어 단순 영어 공부뿐만 아니라 삶의 철학에 대한 공부도 하게 된다.

원서 읽기를 통해 성취감을 맛보았다면 짧은 영상이나 팟캐스트를 쉐도잉 하는 것을 추천한다. 부담 없이 도전할 만한 영상은 《위 베어 베어스》이다. 분량도 짧고 애니메이션인 만큼 내용도 간단해 크게 어렵지 않다. 이것이 부담스럽다면 초보자용 영어 학습용 팟캐스트를 추천한다. 앞서 소개한 '큐립스'(Culips)를 활용하는 것이 좋다.

아주 천천히 또박또박 발음해주기 때문에 쉐도잉에 대한 부담이 없다. 하나의 콘텐츠를 한 문장씩 한 번 쉐도잉을 완성하면 뿌듯하다. 이것을 3회 정도 반복해보라. 처음보다 좋아진 발음을 느낄 수 있을 것이다. 처음에는 몰랐던 내용도 귀에 들어오게 된다. 신기하게도 들으면 들을수록 문장이 귀에 쏙쏙 들어오는 경험을 하게 된다. 잘 들리면 자신감이 조금 올라간다. 처음 쉐도잉을 하면 속도 맞추기도 힘들고 어딘가 모르게 어색하다. 발음도 마음에 들지 않고 이상하게 느껴진다. 하지만 같은 파일을 여러 번 반복하다 보면 발음, 억양, 강세 등 원어민의 음성을 닮아가게 된다. 하면 할수록 늘 수밖에 없다. 아무런 진전이 오지 않는다면 제대로 공부한 것이 아닐 것이다. 집중하여 노력했는지 반성해보고 다시 노력해보면 반드시 진전이 있다. 이러한 작은 변화에서 공부에 대한 성취감이 느껴진다.

이렇게 학습을 하며 느껴지는 아주 작은 변화와 성장에도 민감하게 반응하도록 하자. 그러한 변화를 놓치지 말고 스스로를 셀프 칭찬 해보자. 혹은 스터디 그룹 맴버의 격려를 받거나 공부 인증을 하며 돈독해진 sns이웃들에게 칭찬을 받아보자. 칭찬은 고래도 춤추게 한다고 하지 않는가? 이러한 작은 성취감들이 모여 거대한 변화가 만들어지는 법이다. 그렇게 얻어진 자신감을 무기로 열심히 밀고 나가면 영어 실력자가 될 수 있다.

이때 조심해야 할 것이 하나 있다면 공부의 성과를 타인과 비교하지 않는다는 점이다. 몇 번의 성취가 실력 향상으로 이어져 뿌듯할 때 계속해야 한다. 남들과 비교해서 주눅 들면 안 된다. 아무리 쉐도잉을 해봤자 발음이 별로고, 원서 소설이 잘 읽히지 않는다고 포기하면 안 된다. 세상에 영어를 잘하는 사람들은 너무 많고 그들의 배경은 천차만별이다. 교포 출신일 수도 있고, 유학파 일수도 있고, 하루 몇 시간을 내리 공부하는 지독한 노력파 일 수도 있다. 잊지 말아야 할 사실은 우리는 영어 공부를 다시 시작하게 된 엄마라는 점이다. 엄마의 시간을 쪼개어 공부를 하는 자체가 대단한 것이라는 점을 잊지 말자. 남이 아닌 '나'자신만 비교하도록 하자. 타인과의 비교는 공부를 중단하게 할뿐 나의 학습에 도움이 되지 않는다. 처음의 내 실력과 지금의 내 실력을 비교하도록 하자. 스스로 진전됨을 파악해 보람을 느끼고 반성도 스스로 하도록 하자.

중간중간 힘들고 지치는 순간이 올 때 어느 정도의 성취까지는 견뎌보자는 마음으로 조금만 버티자. 지금 당장의 편안함과 안락함을 위해 상황에 타협을 하다 한두 번 넘어가면 결국은 포기하게 된다. 포기하고 공부를 놓게 되면 결과는 어떨까? 결국은 제자리로 돌아온다.

당신이 그토록 힘들어하고 불평하던 그 삶으로 다시 돌아오게 되는 것이다. 새로운 삶을 꿈꾸며 긍정적인 에너지를 위해 공부하기로 마음먹었다면 그 정도의 고통은 감내하자. 어쩌면 당신이 포기하고 싶은 지금이 바로 실력이 오를 수 있는 바로 그 지점일지도 모른다. 그 지점을 넘겨 뭔가 하나를 성취하며 느끼는 그 희열과 뿌듯함을 맛보도록 하자. 한 번 그 감정을 느껴보면 또 한 번 느껴보고 싶어 다음 단계에 도전하게 된다.

그렇게 차근차근 단계를 밟아가며 실력 향상을 꾀할 수 있다. 처음에는 모두를 다 할 수 있을 것만 같고 한 번에 많은 걸 이루어 낼 것이라 생각한다. 문제는 시간이 지나며 차츰 그 생각이 희미해지며 초심을 잃어가다 포기하는 경우가 많다. 목표를 너무 크게 잡고 잘게 세분화하지 않아 일어나는 일이다. 목표를 쪼개어 작은 성취감부터 느끼며 한 단계씩 꾸준하게 노력한다면 영어 공부는 반드시 성공한다. 원하는 학습의 목표가 있다면 지금 그 목표를 세분화해보자. 그러한 노력이 당신의 성공을 보장해줄 것이다.

몸으로 배우고
익혀야 삶이 변한다

～～～

"Nothing great in the world has been accomplished without passion."
_Hegel

"이 세상에 열정 없이 이루어진 위대한 것은 없다."
_헤겔, 독일의 철학자

이제 어느 정도 영어에 대한 흥미도 붙고 영어 공부에 대한 습관도 자리 잡혀 여러 가지 방법을 활용해 학습하고 있다면 이제 실천을 할 때이다. 제 아무리 좋은 실력을 쌓았더라도 사용하지 않으면 무용지물일 뿐이다. 일상생활에 내 실력을 뽐낼 기회를 만들어 보자. 평범한 일상에서 영어를 사용할 일은 사실 극히 드물다. 그렇다면 그런 기회를 직접 만들면 된다.

가장 손쉬운 방법은 방구석 여행을 떠나는 것이다. 지금 당장 해외여행을 가서 자유롭게 여행을 다닐만한 상황이 아니라면 머릿속으로 상상여행을 떠나보자. 지금 내가 해외 고급리조트에 와 있다 가정하고 프런트에 체크인을 하는 모습을 상상해보자. 처음에 인사말로 무슨 말을 하고 어떤 것을 요청할지 상상하여 혼자 이야기를 해보는 것이다.

Jamie : Hi, I have a reservation today under Jamie. I'd like to check in please

제이미 : 안녕하세요, 오늘 날짜에 Jamie이름으로 예약했어요. 체크인 부탁드릴게요.

Staff : Yes, Ma'am. May I have your passport, please?

직원 : 네, 여권을 주시겠습니까?

Jamie : Yes, sure. Here it is. Can I get a room with nice view?

제이미 : 네, 여기 있습니다. 전망 좋은 방으로 배정해 주시겠어요?

방에 도착하여 짐을 풀고 푹신한 침대에 누워있는 나를 상상해보면 정말 천국같이 느껴진다. 상상이지만 너무 행복한 장면이 눈에 보이고 편안함이 느껴진다. 계속해서 이어서 상상을 해 본다. 방에서 짐을 풀다가 바깥 경치도 구경하고 그리고 화장실에 가보니 수건이 없다. 이런 경우 프런트로 전화를 걸어 뭐라고 말할지 한 번 혼자 이야기해보는 것이다.

'Can you …', 'May I…' 머릿속으로 그려보는데도 막상 말이 잘 나오지 않고 뭐라고 말할지 망설여진다면 여러 번 장면을 반복하여 그려보다 보면 자연스럽게 말이 나오게 된다.

Jamie : Hello, this is room 507, Could I have more towels?

제이미 : 안녕하세요. 여기는 507호인데 수건 좀 갖다 주시겠어요?

그리곤 룸서비스로 샌드위치도 주문해 본다. 물론 상상 속에서.

Staff : Hello. This is room service. How may I help you?

직원 : 안녕하세요. 룸서비스입니다. 무엇을 도와드릴까요

Jamie : I would like room service. I'll take club sandwich. How long does it take?

제이미 : 룸서비스를 신청하려구요. 클럽 샌드위치로 주문할게요. 시간이 얼마나 걸릴까요?

어차피 코로나 시국이기도 하고 아이도 있어 자유롭게 여행을 떠

나지 못하는 상황이니 상상으로나마 실컷 여행을 떠나보자. 이런 식으로 여행 속 여러 장면을 카테고리로 분류하여 상상하여 여러 번 반복하여 연습하다 보면 실제 여행을 가서 아주 당당하게 말이 나오게 될 것이다.

머릿속에서 여행을 떠나 대화를 나누는 것이 마음에 들지 않을 수 있다. 그러면 생활 속 모든 상황을 혼자 영어로 말해보는 방법도 추천한다. 입으로 내뱉어도 좋지만 혼자 말하는게 도저히 적응이 되지 않으면 머릿속으로 문장을 떠올려 보는 것도 괜찮다.

예를 들어 식사 준비를 한다면 오늘 만들 음식에 대해 영어로 생각해보는 것이다. 'Today, I am going to make kimchi stew for my family. Because my husband likes it. But kimchi stew is too hot for my baby to eat. To make it, I need ···. ' (오늘 가족을 위해 김치찌개를 만들 거야. 왜냐하면 내 남편이 좋아하기 때문이야. 하지만 김치찌개는 아기에겐 너무 매워서 먹을 수 없어. 김치찌개를 만들기 위해 필요한건···) 이렇게 간단한 문장으로 요리에 관련한 대화를 구상해볼 수 있다. 아니면 일상생활 속 대화를 영어로 떠올려보자. 남편과 텔레비전을 보다 채널을 바꿔달라고 이야기를 하고 싶을 때 이 상황에선 영어로 어떻게 말할까? 생각해보는 것이다. 작은 시도와 별것 아닌 시도로 영어를 생활 속에 포함시킬 수 있는 것이다.

이러한 상상 속의 적용이 아닌 실질적인 활용을 원한다면 언어 교환을 활용해보자. 앱스토어에 '언어 교환'이라고 검색하면 여러 가지 앱이 나온다. 그 중 '탄뎀'(tandem) 이라는 앱을 많이 사용한다. 나는 한국어를 가르쳐주고 원어민은 영어를 가르쳐주며 서로가 언어를 교환하며 서로의 실력을 쌓는 윈윈 하는 취지로 나온 프로그램이다. 이러한 앱이 변질되어 악용하는 사람이 존재하기 때문에 조심해야 한다. 순수한 언어 학습을 위한 사람들도 있지만 동양 여자를 노리는 서양인이 꽤 많아 생각하는 대로 건전한 학습을 하는 것이 힘들 수 있다. 이러한 점을 감안하여 걸러낼 사람은 걸러내어 공부를 해보는 방향으로 가길 추천한다.

가장 안전한 적용은 전화 영어 수업을 활용하는 방법이다. 머릿속으로 구상해본 여러 가지 문장들을 선생님과의 대화 속에 적용하여 보자. 한 번 구상해본 문장들이라 처음 대화를 꺼내는 것보다 수월하게 대화가 나눠질 것이다. 꼭 생각했던 문장이 아니더라도 다른 주제에 대한 이야기를 나누는데 표현력이 쌓여있음을 느낄 수 있다.

나의 경우 프리토킹 과정을 수강하였는데 수업 전날 미리 다음 시간에 나눌 주제에 대해 머릿속에 구상하여 보았다. 굳이 글로 쓰지 않더라도 대략적인 내 생각을 정리해 영어로 떠올려 보았다. 사실 특정 주제에 대해 한국어로 이야기를 나눈다 하더라도 막힘없이 청산

유수로 말하기는 어렵다. 그 내용에 대한 나의 생각이 명확하게 정리되지 않는 한 아무리 입담이 좋은 사람이라도 완벽한 대화는 힘든 법이다. 더욱이 외국어로 이야기를 나누는데 어찌 편안히 말을 할 수 있겠는가. 미리 시뮬레이션으로 대화를 해보고 수업을 들으니 선생님과의 대화도 자연스러워졌고 자신감도 붙었다. 막상 수업 시간이 되면 새로운 표현이나 스토리가 떠올라 즉흥적인 이야기도 나누게 되었다.

이렇게 여러 가지 방법으로 대화를 연습해왔다면 최종적인 적용은 실전에 가서 사용하는 것이다. 해외여행을 떠나보자. 자유여행으로 가는 것이 좋다. 비행기에서 내려 수속을 마치고 숙소로 가서 체크인 수속을 밟아보자. 혼자 집에서 여러 번 상상해왔던 대화를 실제로 해보는 것이다. 생각하지 못한 상황이 생길 수 있지만 당황하지 말고 그 상황에 맞게 대화를 나누어 보자. 어차피 기본적인 매뉴얼은 비슷하기 때문에 미리 준비하고 연습해서 간다면 별다른 어려움 없이 대화가 가능할 것이다.

방으로 들어와 짐을 풀고 필요한 것들을 프런트에 문의할 때도 연습했던 영어를 써 보자. 룸서비스도 주문해보며 그동안 갈고 닦았던 실력을 뽐내보도록 하자. 리조트나 호텔에 가면 관광을 하러 외출을 할 때 방을 깔끔하게 치우고 정리해주는 서비스를 제공한다. 다시금 안락하고 편안함을 느낄 수 있음에 감사한 마음을 담아 영어로 메모를 남겨보자.

감사 일기를 많이 써봤다면 그러한 짧은 메모를 쓰는 것이 어렵지 않을 것이다. 예쁜 마음을 담아 메모 위에 팁도 올려놓고 고급 매너를 뽐내보자. 여태 해외여행을 떠나 가이드만 따라 다녔거나 혹은 식당에서 메뉴판에 손가락만 가리키며 주문을 했다면 이제 당당하게 문장으로 주문을 해보자. 똑같은 코스를 여행하더라도 영어 때문에 위축되지 않고 하고 싶은 이야기도 하고 질문도 하고 대화를 나누며 일정을 소화해보자. 이전보다 훨씬 알차게 여행을 누릴 수 있을 것이다. 유창한 발음을 뽐내며 완전한 문장으로 해당 숙소의 직원들이나 여행지에서 대화를 나눈다면 당신에 대한 대우도 달라질 것이다. 영어를 실전에서 적용해보고 자신의 말이 소통되는 것을 겪는다면 당신 자신에 대한 믿음도 높아지고 자신감이 향상될 것이다. 언젠가 떠날 여행에서 고급 영어를 사용하여 막힘없이 소통하는 당신의 모습을 상상하며 차근차근 공부를 해보도록 하자.

도전! 나도 영어 콘텐츠 크리에이터

〜〜〜

"There are admirable potentialities in every human being.
Believe in you strength and your youth.
Learn to repeat endlessly to yourself, 'it all depends on me'"
_Andre Gide

"모든 인간들은 놀라운 잠재력이 있어요. 당신의 힘과 젊음을 믿으세요.
당신에게 계속해서 말하세요. '모든 것은 내가 하기에 달렸다'라고"
_앙드레 지드

자신의 영어 공부에 대해 기록을 남기고 싶다면 sns를 활용해보도록 하자. 활용할 방법은 무궁무진하다. 스터디 그룹을 활용해 영어 공부를 인증하고 있다면 같은 내용을 sns에도 인증해 보는 것이다. 공부를 하고 있는 장면을 인증 샷으로 찍거나 미라클 모닝을 실천한다면 기상 시간을 찍어보고 루틴을 밑에 기록해본다. 핸드폰에 '타임스탬프'(timestamp)라는 앱을 다운받아 사진을 찍으면 현재 시간이 사진에 자동으로 찍혀서 나온다. 시간이 찍히는 틀은 여러 가지에서 고를 수 있다. 이 앱을 사용해 공부하는 모습을 찍어 두면 간단하게 인증 샷을 찍을 수 있다. 공부한 내용을 인증하고 싶다면 영어 노트를 정리해 사진을 찍는 것도 좋다. 아니면 공부한 내용을 sns에 정리하여 올린다면 자연스럽게 복습이 될 수 있다. 여러 가지 공부를 한 흔적을 매일 업데이트 하여 흔적을 남겨보는 것이다.

　이렇게 매일 조금이라도 공부한 흔적을 sns에 남기다 보면 나도 모르는 사이 영어 실력이차곡차곡 쌓여 간다. 시간 내어 마음먹고 인증하려고 하다 보면 부담감이 될 수 있기 때문에 습관으로 자리 잡기 전에는 단순한 플랫폼을 사용하는 것을 권한다. 추천하는 플랫폼은 인스타그램이다. 블로그를 통해 공부 기록을 남길 수도 있다. 블로그의 장점은 긴 내용으로 자세한 설명을 추가하여 쓸 수 있다는 것이고, 단점은 인스타그램보다 간단하지 않고 좀 더 신경 써서 올려야 한다는 것이다. 블로그는 자칫 하루 이틀 미루다 보면 귀찮아서 인증을 못할 수 있다. 인스타그램은 사진을 찍어서 바로 업로드하고 아래에 간단한 인증 기록만 남기면 되기 때문에 생각보다 빠르게 올릴 수 있다.

　새로운 계정을 만드는 것도 간단하다. 기본 계정이 있다면 계정 추가 기능을 이용해 새 계정을 만들고 해당 계정에는 영어 공부와 관련

한 인증 내용만 올린다. 계정 이름이 있는 부분을 누르면 기본 계정과 새로 만든 계정을 쉽게 왔다 갔다 할 수 있다. 이미 계정이 있다면 번거롭게 굳이 로그인을 하고 다시 로그아웃을 할 필요가 없다는 뜻이다. 쉽게 이용 가능한 방법으로 매일 공부한 내용을 인증해서 쌓여가는 피드를 보며 매일 의지를 다져보자.

매일 시간 내어 공부한 장면을 찍어 차곡차곡 공부 인증 내용을 피드에 올리다 보니 나와 비슷한 사람들과 팔로우 신청이 들어왔다. 공부 인증 내용에 사람들이 반응을 하고 좋아해주니 신이 났다. 혼자 공부할 때는 몰랐는데 세상에는 나와 같은 생각을 가진 엄마들이 많다는 것에 놀랐다. 꾸준히 업로드 하는 게시물에 그분들이 댓글도 달아주고 따뜻한 응원을 많이 해주었다. 혼자서 공부 할 때는 몰랐는데 누군가 같은 생각을 갖고 열심히 하고 있다는 생각을 하니 든든했다.

처음에는 조용히 공부 인증하는 내용만 꾸준히 업로드를 할 생각이었는데 한두 명씩 팔로워들이 늘어나고 관심어린 댓글을 주시는데 기분이 너무 좋았다. 꾸준함에 대해 칭찬해 주실 때 가장 뿌듯했고 나에 대한 믿음이 더 단단해졌다. 비록 실제로 만나본적도 없고 서로 얼굴도 모르는 사이지만 온라인으로 인맥을 쌓을 수 있다는 점이 신기했다. 온라인을 통해 이런 생산적인 활동을 하고 생산적인 사람들과 소통할 수 있다는 점이 놀라웠다. 나와 비슷한 누군가와 연결되어 있다는 생각만으로도 공부하며 지칠 때 의지도 되었다. 자기계발에 관심이 많고 공부하는데 관심이 있는 엄마들이 나와 비슷한 내용으로 sns에 인증 글도 올리고 자극되는 피드를 꾸준히 업데이트하였다. 그러한 분들을 보며 자극도 받고 때때로 공부하기 지쳐갈 때쯤 그분들의 공부 모습을 보며 마음을 다잡았다.

서로서로의 공부에 힘도 주고 육아의 힘든 점도 공유하며 생각보다 돈독한 감정이 들었다. 이러다 보니 나를 위해 공부를 하고 인증을 위해 했던 sns인데 어느 순간 욕심이 생겼다. 이렇게 공부한 내용을 콘텐츠를 만들어 예쁘게 정리해보면 어떨까? 라는 아이디어가 생겼다. 나만 알고 있기 아까운 꿀팁 이라든가 공부에 도움이 되는 내용을 정리해 나와 같은 엄마들에게 도움을 주고 싶었다. 나처럼 육아하느라 지친 엄마들이 공부를 통해 활기를 찾았으면 하는 생각이 들었다. 공부를 통해 누군가의 삶에 활력소가 되고 힘이 된다면 정말 큰 보람이 느껴질 것 같았다. 바쁜 엄마들의 상황을 누구보다 이해를 하고 있고 나도 그러한 과정을 거쳐 공부를 했기에 팁을 주기 좋을 것이라 생각되었다.

예를 들어 원서 소설의 경우 기초가 없으면 혼자 공부하는 것이 힘들 수 있기에 길잡이 역할이 되어 주는 것도 좋겠다 싶었다. 단순히 머릿속에 있는 생각이었지만 나도 모르게 구상을 하고 있었고 조금씩 실천하게 되었다. 직접 공부를 해본 입장에서 영어 공부에 꼭 필요하다 싶은 부분들이나 생활에서 유용하게 쓸 수 있을 법한 표현들을 모아보았다.

혼자 듣기 아까운 팝송의 내용도 정리해보고 원서 소설 읽기에 있어 필요한 가이드도 구상해 보았다. 취미로 시작했던 영어 공부였는데 콘텐츠 크리에이터라는 새로운 꿈을 갖게 되었다. 이것들을 활용하여 나만의 콘텐츠를 만들어 보게 되었다. 시간을 내어 이런 부분들을 정리하는 시간이 너무 좋았다. 바쁜 하루하루였지만, 일상에서 느꼈던 스트레스가 날아가는 느낌이었다. 몰입할 대상이 있음에 감사했고, 생산적인 일을 한다는 것에 보람도 느꼈다. 무엇보다 새로운 미래를 구상하는 부분에서 설레고 행복했다.

나름대로 정리된 내용을 갖고 주변 아기 엄마들에게 시험적으로 보내보았다. 이런 내용으로 공부하면 어떨지 물어보았다. 대부분 좋은 피드백 이었지만 일부 객관적인 잣대로 개선할 점을 말하는 경우도 있었는데 겸허히 받아들이고 수정했다. 내가 느꼈던 부분과 영어를 모르는 초급자가 느끼는 부분이 다를 수 있다는 점도 고려하여 여러 가지 수준에 맞게 만들어 보았다. 점점 가속도가 붙으며 어떻게 하면 재미있게 만들 수 있을까? 하나씩 완성되어

갈수록 내면 깊은 곳에서 울림이 느껴졌다. 지금도 콘텐츠 만들기는 계속되고 있다. 언젠간 자신 있는 수준의 내용이 완성되면 수업으로 연결시킬 생각도 있다. 그런 날이 찾아와 많은 분들께 영어 공부의 희망은 물론 만족스러운 삶을 사는데 도움을 드리고 싶다.

언어 능력으로 무장하여
새로운 인생을 설계하라

〰️

"We see the brightness of a new page where everything yet can happen."
_Rainer Maria Rike

"무한한 가능성이 열려있는 새로운 시기의 서막이 빛나고 있다."
_라이너 마리아 릴케

개인적인 생각으로 언어 공부의 목적은 시험에서 좋은 점수를 받기 위한 것이 아니다. 다양한 국가의 사람들과 의사소통을 하며 서로의 생각을 교류하며 '나' 자신의 가치를 높여 보는데 있다고 생각한다. 여러 인종의 사람들 사이에서 그들과 어깨를 나란히 하며 영향력을 발휘한다 생각해보면 어떤가? 생각만 해도 두근거리지 않는가? 이런 이유로 언어 공부가 특히 영어 공부가 중요하다고 생각한다.

'나' 자신을 찾고 싶어 다시 영어 공부를 시작했다. 영어 공부를 하면서 처음의 목표에 더하여 추가적인 목표가 생겼고 다양한 아이디어가 생겨났다. 처음 생각했던 목표는 '원어민과 막힘없이 대화를 나누는 것' 이었다. 막힘없이 대화가 가능한 실력을 위해 열심히 공부하다 보니 목표가 확장되어 다양하고 넓은 시각에서 세상을 바라보게 되었다. 단순히 영어라는 언어 공부만이 아니라 전반적인 인생을 놓고 생각하게 되었다. 그럴 수 있었던 이유는 책만 들여다보고 문법과 읽기 위주의 공부를 한 것이 아니라 다양한 매체를 활용하여 여러 가지 세계를 접하며 공부했기에 가능했다.

유튜브 채널을 보며 영미권 사람들의 문화와 생각을 볼 수 있었고 그들의 현재 동향도 파악이 가능했다. 메일로 전송되는 핵심 뉴스 기사를 읽으며 전 세계의 이슈를 파악할 수 있었다. 팟캐스트 채널을 통해 영어 발음 및 표현을 공부했을 뿐만 아니라 마인드 셋에 대한 채널을 통해 삶에 대한 태도까지 개선이 되었다. 물론 그런 채널과 매체도 한 가지만 파고들어 공부했던 것이 아니라 여러 가지 내용을 찾아보며 다양한 내용을 보았기에 가능했다. 그러면서 내가 하고 있는 고민이나 심각하게 여겼던 문제들이 생각보다 단순하다는 것을 느끼게 되었다. 모든 것은 내 마음먹기에 따라 달린 것이고 그로인해 결과도 달라질 것임을 알았다. 자연스레 새로운 목표를 설정하여 달려가기로 하였다.

　새로운 목표 중 하나가 딸아이와 함께 필리핀 한 달 살이, 영국 한 달 살이 등 해외 체류를 하는 것이다. 나는 내 아이가 다양한 언어에 능통하여 다양한 사고를 했으면 좋겠다. 한 가지 틀에서만 생각하는 것이 아니라 다양한 관점에서 넓은 시야로 바라보고 넓은 세계에서 생활했으면 좋겠다. 좁디좁은 땅에서 무한 경쟁의 틈에 끼여 고생하는 것보다 넓은 세계를 무대로 밝고 자유롭게 자랐으면 좋겠다. 물론 부모의 욕심대로 아이가 자라주는 것만은 아니지만 최소한 그런 환경을 만들어주고 싶다. 한국어만 사용할 수 있다면 한국어를 쓰는 한 가지 관점에서 모든 상황을 바라볼 것이다. 같은 상황을 영어로 생각해보고 영어로 대화를 나누면 좀 더 다른 각도로 바라볼 수 있다. 언어를 배워야하는 이유 중 큰 비중을 차지하는 것은 이러한 점이 아닐까 싶다. '나'를 확장시키고, 사고를 넓힐 수 있는 기회가 되기 때문이다. 그러기 위해서 먼저 내 실력을 열심히 쌓는 것이 필요하다는 생각이 들었다. 발음 연습도 열심히 하고 다양한 표현력도 기르는 중이다. 유창한 영어 실력을 겸비해 아이와 함께 해외에 체류하며 멋진 추억을 쌓고 싶다. 생각만 해도 두근거리고 설레는 장면이다. 아직은 어린 딸이 성장하여 함께 여행을 다니는 것을 상상만 해도 행복한데 함께 해외에서 체류를 한다니. 정말 기대되고 흥분된다. 여기에서 조금 더 확장시켜 보면 아이와 함께 한 학기 정도 어학연수 프로그램에 참여하는 상상도 하였다. 자격증을 취득하는 코스가 있으면 더 좋을 것 같다. 요즘 아이와 함께 해외에서 한 달 살이 등을 계획하는 부모들이 많은 것으로 안다. 하지만 부모의 언어 실력이 기본적으로 뒷받침 되어야 몇 배 더 알찬 경험을 만들 수 있는 법이다. 아이와의 해외 체류를 꿈꾼다면 절실하게 영어 공부에 도전해 보도록 하자.

영어 실력을 쌓아 아이와 함께 해외에서 경험을 쌓을 수 있는 것 이외에도 또 다른 삶의 변화를 노려볼 수 있다. 아이를 키우기 위해 경력단절이 된 경우 영어 실력을 쌓아 영어 강사에 도전해볼 수 있다. 풀타임으로 일하기엔 시간상 힘든 경우가 많기에 짧은 시간만 일하는 파트 강사에 도전해보는 것 추천한다. 시간 활용이 용이한 학교 방과 후 교사에 도전해 보는 것도 좋다. 물론 아이를 키우고 주부로서의 삶을 사는 것은 아무나 할 수 없는 위대한 일이다. 성향에 따라 다르겠지만 일을 좋아하고 사회적 활동을 꿈꾼다면 잠깐 이나마 사회에 나와 보는 것도 괜찮다. 영어 실력이 뒷받침 된다면 이런 상황에서 새로운 도전을 가능하게 해 준다. 다시 시작한 공부가 새로운 직업으로 연결이 될 수 있다는 이야기이다.

나의 경우 다시 시작한 영어 공부가 책을 쓸 수 있는 용기도 주었다. 막연하게 꿈만 꾸던 작가라는 직업에 도전장을 내밀게 되었다. 영어 공부를 했더니 삶을 바라보는 관점이 확실히 변화하였다. 좀 더 넓은 시각으로 내 삶을 바라보게 되었다. 평소 겪었던 문제들이 지금 와서 생각해보면 사소한 일들이었던 것 같았다. 넓은 관점에서 생각을 바꾸어 보니 새로운 목표가 생겼고 지금의 삶에 감사하며 살아가게 되었다. 아이를 출산하고 키운다고 해서, 30대라고 해서 인생의 큰 변화를 이루어 낼 수 없다고 누가 그랬던가? 그러라는 법은 없다. 요즘 우리 시대는 삶을 보통 100세 시대라고들 부른다. 의료기술의 발달과 현대 문명의 진보로 인해 평균 기대 수명이 높아졌다. 100세까지 산다고 가정을 해보면 우리가 지금 30대, 40대라고 해도 앞으로 살아갈 날이 더 많다는 것이다. 앞으로 남은 날들이 수십 년이 남았는데 언제까지 지금처럼 하루하루 헛되이 보낸단 말인가? 지금 당장 몇 년간 낡은 습관을 버리고 새로운 습관이 장착될 때까지는 힘들지도 모른다. 하지만 앞으로의 내 삶을 화려하게 만들 것이란 일념 하나로 조금만 버텨보자. 어린 시절의 꿈, 20대 시절의 열정을 다시 한 번 불태워보도록 하자.

인생이 술술 풀리는
맘스 잉글리쉬의 기적

〰️

"The man who moves the mountain begins by carrying away small stones."
_Confucius

"산을 움직이려 하는 이는 작은 돌을 들어내는 일로 시작합니다."
_공자

엄마가 되고 새로운 자아를 찾기 위해 더욱 건강한 삶을 만들기 위해 영어 공부를 다시 시작했다. 공부를 하면서 복잡했던 마음도 정리되었고 내면이 생산적인 에너지로 바뀌어 가는 것을 느낄 수 있었다. 공부를 하면 골치 아프고 머리 아플 것이라 생각했지만 이상하게도 그렇지 않았다. 어디엔가 몰입하는 것이 생겨서인지 좋은 기분으로 생활하게 되었다. 에너지의 흐름이 바뀌어가는 느낌이 들었다.

육아는 힘들다. 워킹 맘의 경우 더욱 힘들다. 예전에는 이해할 수 없었던 '애 가진 죄인'이란 말이 괜히 있는 게 아니구나 싶었다. 어린 이집 선생님들 눈치 보랴, 일하느라 눈치 보랴, 베이비시터 선생님 눈치 보랴 하루 종일 피곤하다. 하지만 같은 상황에서 취할 수 있는 태도는 다르다. 힘들다고 생각하면 더 힘들어지는 법이다. 이 또한 나에게 주어진 소명이자, 행복이라 생각하면 달라진다. 어떤 마음가짐으로 상황을 대하느냐는 나의 판단이자 선택이다. 현명하고 슬기롭게 삶을 채워나가 보자. 같은 상황이지만 세상이 달라 보이는 게 느껴질 것이다.

영어 공부를 하며 나를 좀 더 긍정 에너지로 채워간다는 생각을 하니 나에 대한 애정이 생겼다. 예전에 비해 나 자신을 돌보게 되었다. 나를 사랑하고 존중하다 보니 나 자신을 예쁘게 대접해주고 싶어졌다. 매일 헐렁한 추리닝 차림에 입던 옷만 입었는데 옷장 속에 잠자고 있는 예쁜 옷으로 한 번씩 기분 전환을 해보았다. 출산 후, 살이 많이 쪘다 생각해 입어 보려 하지도 않았던 원피스도 꺼내 입어보니 역시나 잘 맞지 않았다. 그제야 관리의 필요성도 느끼며, 다이어트도 시작했다. 아이가 잠들면 피곤하고 지친다는 핑계로 멍하게 티비만 보거나 할 일 없이 허송세월을 보냈던 나였는데 유튜브 채널로 영어 콘텐츠를 보거나 쉐도잉을 했다. 그 시간도 좀 더 생산적으로 쓰고 싶어 얼굴에는 마스크 팩을 붙이고 열심히 다리를 마사지하며 콘텐츠를 보았다. 영어 공부를 시작했을 뿐인데 내 몸에 관심을 가지고 나 자신을 돌보게 된 것이다. 자기 효능감이 생기며 나에 대한 사랑이 생기고 생활을 좀 더 알차게 보낼 수 있게 되었다. 영어 공부를 했더니 어느새 삶이 바뀌고 있었던 것이다.

하루하루 시간을 알차게 보내면서 새로운 목표를 설정하게 되었다. 목표가 생기니 육아에 지치고 일에 지쳐도 좀 더 수월하게 느껴졌다. 비전을 갖고 나아갈 수 있기에 지금 당장의 고통이 별것 아니게 느껴졌다. 가끔 공부하는 게 귀찮고 피곤할 때 놓고 싶어질 때도 있었다. 지금 당장의 편안함을 추구하고자 다시 공부를 놓는다면 다시 예전의 불평만 가득하던 삶으로 돌아가게 될까 두려웠다. 그런 생각으로 다시금 마음을 잡고 다시 책을 펼쳤다. 삶의 통찰력을 제공해주고 교훈을 주는 원서 소설을 읽으며 마음을 다지기도 했고 마인드 셋에 도움이 되는 팟캐스트 청취를 하며 다시금 마음을 다잡았다. 이 밖에도 영어 공부에는 다양한 방법이 있기에 지겨워질 때쯤 다른 공부 방법을 시도해 보며 위기를 극복했다.

목표를 설정하며 공부하는 도중 새로운 꿈을 꾸게 되었다. 내가 원하는 삶을 상상하고 그 생활을 누리는 모습을 머릿속에 그려보며 설레었다. 내 것이 아닐 것 같고 완전히 다른 세상이라고 생각했던 삶이 실제로 이루어진다면 어떨까? 꿈만 같은 그런 모습이 정말 가능하다면 어떨까? 지치고 피곤하단 핑계로 불만을 달고 살던 내가 새로운 세상에 눈을 돌리게 된 것이다. 단순 동경이 아니라 가능성이 있겠단 생각이 들었다. 이유는 나에 대한 믿음이었다. 공부하는 습관을 통해 영어 실력이 차곡차곡 쌓여가는 모습을 보며 나라는 사람에 대한 확신이 들게 된 것이다. 애초에 생각조차 하지 않았던 삶이 가능할 수도 있겠구나 싶었다. 지금의 공부도 내가 선택해서 이루어 낸 것이니 만큼 원하는 목표도 충분히 이룰 수 있겠다 싶었다.

주변에서 주식으로 몇 천 만원을 벌었느니, 비트코인으로 몇 억을 벌었느니, 부동산으로 몇 억이 올랐니 등 하는 말에 배가 아팠던 기억이 있는가? 나도 얼른 재테크 공부로 투자를 해봐야겠단 생각으로 전전긍긍하며 불안해 한 적이 있는가? 이제 불안감을 떨치고 더 이상 조급해하지 않아도 된다. 그러한 투자도 잘만하면 풍요를 가져다주겠지만, 가장 회수가치가 높은 투자는 '나'에게 하는 투자이다. 주식이든, 코인이든, 투자를 꿈꾸기에 앞서 나에게 먼저 투자해보자. 여기서 투자란 물질적인 돈을 투자하라는 이야기가 아니다. 나의 모든 노력과 에너지를 '나'자신에게, '나'를 위한 공부에 투자해보라는 것이다.

눈에 보이는 물질에만 집중하지 말고 눈에 보이지 않지만 큰 에너지를 가져다 줄 수 있는 고차원적인 부분에 집중해보자. 긍정적인 습관으로 삶을 다시 세팅해 앞으로 다가올 인생을 풍요롭게 변화시켜보자. 내면이 꽉 찬 존재로 자립할 수 있다면 앞으로 다가올 삶이 진취적이며 발전적인 쪽으로 펼쳐지게 된다. 내가 좋은 사람으로 변화한다면 세상 또한 나를 좋은 방향으로 가도록 도와준다. 생각하지 못했던 사람과의 만남과 기회들로 지금보다 더 나은 삶을 살아가게 될 것이다. 꿈꾸는 삶을 살아보고 싶다면 나에게 과감하게 투자한다 생각하고 열심히 공부해보자. 노력은 결코 배반하지 않는다.

다른 사람이 아니라 '내'가 하니까 가능한 것이다. 삶은 꿈꾸는 대로 가능하게 된다. 상상 속의 환상이 아니라 선택하여 노력하면 충분이 이룰 수 있는 삶이다. 목표 의식을 갖고 도전을 꿈꾸어 보자. 이 커다란 우주에 한 존재로 태어난 데에는 반드시 이유가 있을 것이다. 내가 원하고 끌리는 곳이 있다면 다시 한 번 도전을 꿈꾸어보자.

이 세상에 안 될 것은 없다. 우리 모두는 반드시 이 땅에 태어난 이유가 있다. 결혼, 임신, 출산 모두 이루어 낸 당신이다. 이제 새로운 인생에 도전해 볼 때이다. 생각만 해도 가슴이 두근거리고 입가에 미소가 지어지는 꿈이 있다면 생생하게 그려보자. 꿈을 그리다 보면 닮아간다. 자, 이제부터 당신의 제2의 인생을 향해 출발!

에필로그

영어공부를 하며 '나'를 찾아가면서 생활의 많은 부분에서 변화가 있었습니다. 마음의 여유가 생기고 밝은 눈으로 세상을 바라보니 아이도 그걸 알아줬나 봅니다. 엄마보단 아빠를 찾던 딸 아이가 엄마를 찾기 시작했습니다. 저도 점점 딸 아이가 예뻐 보였고 기쁜 마음으로 육아에 참여하게 되었습니다. 틈만 나면 쉬고 싶었던 저였지만 아이와 어떻게 하면 좋은 추억을 쌓을 수 있을지 궁리하며 값진 시간을 보내려 노력하게 되었습니다. 퇴근 후 집에 돌아오면 딸 아이는 누구보다 예쁜 웃음을 지으며 저에게 달려와 뽀뽀를 해 줍니다. 일하며 받은 스트레스와 피로가 날아가는 것만 같습니다. 잠들기 전 딸 아이를 무릎에 앉혀두고 함께 책을 읽으며 아이와의 깊은 유대를 쌓게 되었습니다. 다시 돌아오지 않을 이 모든 순간들이 소중한 추억으로 자리 잡게 되었습니다. 다시 영어공부를 시작하지 않았더라면 이런 행복을 경험하지 못했을 것입니다.

영어공부를 시작했더니 새로운 인생이 열렸고 '꿈'을 다시 찾게 되었습니다. 영어 원서로 된 경제경영 도서를 읽으며 밑줄도 긋고 노트에 정리를 하다 보니 문장이 머릿속에 새겨졌습니다. 생산적인 활동에 몰두하다 보니 생각도 생산적으로 바뀌었습니다. 자신에 대한 믿음이 굳어져 가며 지금 가진 것에 서서히 감사하게 되었습니다.

엄마들은 바쁩니다. 살림과 육아뿐만 아니라 일까지 해야 하는 엄마들도 있습니다. 그러기에 자신을 돌볼 시간이 없어 '나'를 잃어갑니다. 아이를 1순위에 두고 모든 것을 포기하는 엄마들도 많이 있습니다. 엄마가 행복해야 아이도 행복해집니다. 아이를 위해 희생만 하는 시대는 이제 지나갔습니다. 우리 엄마들도 '나' 자신을 찾으려 노력해야 합니다. 저에게 영어공부는 현실이라는 무게에서 저를 지탱해 준 버팀목이 되었습니다. 이제 이 책을 읽은 여러분들의 차례입니다. 영어공부를 통해 제가 경험했던 소중한 변화들을 꼭 느껴보셨으면 좋겠습니다.

영어공부를 다시 시작 하려하니 두려움이 앞서고 막막한 마음이 드셔서 엄두가 나시지 않았다면 이번을 절호의 기회로 삼으시길 바랍니다. 영어공부는 꾸준함이 생명입니다. 재미가 있어야 지속하는 힘이 생기는 법입니다. 제가 직접 경험해 보고 느낀 바를 토대로 추천해 드리는 다양한 방법을 통해 재미있게 공부를 하셨으면 좋겠습니다. 자신에게 맞는 방법을 찾아 틈나는 시간을 활용해 공부해 본다면 어느새 실력이 향상되고 있음을 느끼게 될 것입니다. 아이를 키우며 엄마도 함께 성장해 나간다면 이보다 좋은 인생의 축복이 어디에 있을까요? 저의 책이 그런 분들께 도움이 되었으면 좋겠습니다. 이 세상 모든 분들의 행복한 육아와 즐거운 영어공부를 응원합니다.

하루30분
맘스잉글리쉬의 기적

—

초판인쇄 2021년 5월 4일
초판발행 2021년 5월 11일

—

지은이 황지원
발행인 조용재

—

펴낸곳 도서출판 북퀘이크
마케팅 북퀘이크 마케팅 팀
편집 북퀘이크 편집팀
디자인 북퀘이크 디자인팀 – 실장 홍은아

—

주소 경기도 고양시 일산동구 장백로 8 넥스빌 704 호
전화 031-925-5366~7
팩스 031-925-5368
이메일 yongjae1110@naver.com
등록번호 제 2018-000111 호
등록 2018년 6월 27일

—